맨발로

맨발로

초판 인쇄 ｜ 2022년 12월 15일
초판 발행 ｜ 2022년 12월 20일

지은이 ｜ 임우희
펴낸이 ｜ 신중현
펴낸곳 ｜ 도서출판학이사

출판등록 : 제25100-2005-28호
주소 : 대구광역시 달서구 문화회관11안길 22-1(장동)
전화 : (053) 554~3431, 3432
팩스 : (053) 554~3433
홈페이지 : http:// www.학이사.kr
전자우편 : hes3431@naver.com

ISBN _ 979-11-5854-399-0 03810

맨발로

임우희 수필집

學而思 학이사

수필은 삶의 끝날까지 가장 소중한 벗

수필이라는 늪에 빠진 지 10년을 훌쩍 넘겼다. 처음에는 일기처럼 살아가는 이야기를 늘 적었다. 그러다가 대가족이 살면서 가족회의를 하고 또 적어놓았다. 등산을 갔다가 후기를 써서 카페에 올리면 많은 사람이 좋아해 주고 기억해 주니 행복해서 매달 산행 때마다 후기를 썼다. 살아오면서 시부모님, 부모님, 형제자매 등 가족들의 일상이 수필의 재료가 되었다.

결국 삶의 순간순간 감정의 기록이 인생의 자양분이 된 셈이다. 즐거운 일도 죽도록 고통스러울 때도 그 감정을 낱낱이 적어 나가다 보니 나도 모르게 재미로 변환되었다.

수필이란 쉽지 않은 길을 걸으면서도 행복한 것은 무슨 까닭일까. 늘 현재를 그대로 바라볼 수 있어서 좋았다. 시간과 순간의 조화, 자정도 되고 승화도 되는 수필은 삶의 끝날까지 가장 소중한 벗이다.

끝으로 내 삶을 속속들이 알고 협조해 주신 시부모님, 친정 부모님이 그립다. 사랑하는 남편, 딸과 사위, 손자, 아들과 며느리가 있어서 글을 쓸 수 있고, 살아갈 수 있다.

책이 나오기까지 지도해 주신 小珍 박기옥 지도교수님, 사랑하는 문우님들께 감사를 드린다.

2022년 겨울
임우희

■ 차례

1부. 엄마의 손수레

2부. 노숙자와 와인

3부. 맨발로

4부. 우레시노의 달빛

제1부

엄마의 손수레

우리는 손수레 끄는 연습을 했다.
짚과 나무들을 싣고 엄마 앞에서 끌고
아이들은 뒤에서 미는 연습이었다.
오르막길에서는 밀고 내리막길에서는 당겨야 했다.
우리는 시간 날 때마다 연습을 거듭했다.
처음에는 엉거주춤 서툴렀지만, 횟수를 거듭하니
자신감이 붙는 것 같았다.

음치의 노래

노래를 부를 때 음의 높낮이를 구별하지 못하거나 음정을 전혀 못 잡는 사람을 '음치'라고 한다. 사람들은 음치의 터무니없는 노래를 들으며 즐거워하기도 하지만, 당사자로서는 괴롭기 짝이 없는 일이다.

음치는 병리학적으로 감각적 음치(청음 음치)와 운동적 음치(발성 음치)로 나뉜다고 한다. 전자는 음높이, 리듬, 음량 등을 판별하는 능력이 없거나 불완전한 경우이고, 후자는 그런 감각은 있지만 노래를 부를 때 정확한 음정을 내지 못하는 경우를 말한다. 전문가에 따라서는 선천성 음치와 후천성 음치로 구분하기도 한다.

나는 전자와 후자가 복합적으로 나타나는 증상이다. 노래방에서 내 차례가 다가오는가 싶으면 헉, 하고 말소리가 나오지 않는다. 학창 시절에도 음악 평가 시간이 제일 괴로웠다. 한번은 남편이 음치도 교정이 된다면서 연락처 몇 곳을 적은 쪽지를 나에게 주었다. 그중에서 여성이 하는 곳을 찾아갔다.

가자마자 앞에서 잘할 수 있는 노래를 한 번 불러보라고 했다. 지금 생각해 보면 웃음거리였다. 하지만 그 당시 고난도의 노래인 임희숙의 〈상처〉를 좋아한다면서 불렀다. 의외로 선생님은 아주 가능하다고 나에게 용기를 갖게 해주셨다. 내심 어렵다고 생각하면서도 이 기회에 꼭 음치 탈출을 해보리라 마음을 굳게 먹었다.

지금으로부터 17, 8년 전이다. 시부모님의 결혼 50주년 금혼식 행사를 앞두고 예식장을 3개월 전에 예약했다. 나는 맏며느리라서 틀림없이 노래 몇 곡을 불러야 했다. 3개월 동안 3곡만 부르리라 마음먹었다.

매일 아침 학교에 가듯 그곳에 갔다. 맨 처음에는 최유나의 〈미움인지 그리움인지〉를 지정해 주었다. 음치의 특징들이 하나둘 나오기 시작했다. 앞 가사인지 뒤 가사인지, 앞 음인지 뒤 음인지 마이크만 들면 뒤섞여서 분간되질 않았다.

선생님은 매일 목에 좋다는 약초 물을 달여서 노래 공부하기 전 큰 유리컵에 두 잔씩 준비해 주셨다. 나는 부끄럽기 짝이 없었다. 하지만 매 순간 다짐했다. 이번 기회를 놓치면 나는 영원히 음치다. 이 고비를 무슨 일이 있어도 꼭 넘기리라. 너무나 죄송해서 선생님이 무엇을 좋아하시는지 알아 두었다. 박카스를 좋아하셨다. 그 후로 그것을 사 들고 아침마다 출근해서 40분씩 발성 연습을 했다. 한 달가량은 목이 잠기고 아파서 고통스러웠으나 2개월째 접어들면서 네 곡을 할 수 있게 되었다.

드디어 실력 발휘할 때가 되었다. 친지들을 모시고 시부모님 금혼식을 하는 날이 되었다. 선생님은 사회를 맡고, 선생님의 남동생은 오르간, 선생님 올케는 장구를 치며 국악을 맡았다. 그날의 행사는 완전히 짜고 치는 고스톱 같았다. 미리 연습한 곡으로 앞 소절 추임새를 딱딱 넣어주시니 앙코르! 앙코르! 하는 소리가 들렸다. 나는 너무나 신기했다. 우선 떨리는 마음이 없어졌다. 내 생각에는 용기를 주기 위해서 선생님이 박수를 유도하는 듯했다. 하지만 기분이 너무 좋았다. 이번엔 맏며느리로서 큰일을 치렀지만 마치 나 자신을 위한 잔치 같았다. 그동안 다섯 곡을 배웠는데 밑천이 다 동나버릴 정도였다. 남편과 둘이서만 아는 비밀이다.

내친김에 일 년 정도 더 다녔다. 지금도 다른 사람들처럼 맛나게 부르진 못하지만 내 순서에 숨이 턱, 하고 막히지는 않는다. 생활 속에 노래가 들어오니 한결 재미있는 일이 많이 생겼다. 동창 모임, 부부 동반 모임, 봉사 모임 등에 가도 이젠 즐겁다. 우리의 삶에 양념 같은 노래는 내 인생의 윤활유 같은 존재다. 가끔 퇴근길에 남편과 노래방에 가서 몇 곡씩 부르기도 한다. 지난달 수필을 쓰기 위해 가는 수필스케치에 갔을 때 선생님이 모두가 가수급이라며, 가끔 번개 노래방도 하자고 제의하실 때 그 말씀이 내 귀에 쏙 들어왔다.

어머님의 임종

아침이다. 베란다에 옹기종기 모여 있는 꼬마 단지들이 정겹다. 어머님이 쓰시던 간장 향이 앞산에서 불어오는 솔바람 속에 살짝 스친다. 해마다 간장을 뜨실 때 조금씩 부어서 담아놓았던 그 향이다. 향을 따라 뚜껑을 열어보니 10년 훨씬 넘는 시간 속에서도 그대로 숙성이 되어 그 맛을 유지하고 있다. 회갑이 조금 넘었을 때 시부모님과 함께 살게 되었다. 막내 시동생 결혼식 끝나고 "우리도 이젠 자식과 같이 살다가 죽고 싶다."고 아버님이 말씀하셨다. 준비 없이 들은 말씀이라 나는 그냥 "그럼 좋지요."라고 대답했다. 그 후로 23년 정도 시부모님은 우리와 같이 살다 가셨다.

자주 편찮은 분이라 이번에도 입원하고 며칠이면 또 쾌차하시리라고 가볍게 생각했다. 입원한 지 닷새째 날부터 점점 악화하기 시작했다. 우린 병원에서 하자는 대로 MRI를 찍고 종합적으로 검사에 들어갔다. 검사 결과는 숨을 쉬기가 어려운 폐 공기종으로 심장, 십이지장, 기관지, 폐렴까지 각오하라고 했다. 모든 기능이 다 쇠진해져서 일주일을 넘기기 어렵다는 의사의 소견서를 받았다. 그래도 말은 할 수 있었다.

남편은 형제들을 모아 대책을 마련해 봤다. 살아있는 자식들이 할 수 있는 것이 별로 없었다. 곁을 지키는 것이 최선이었다. 24시간 간병인을 붙여놓고 가족들은 교대로 곁을 지켰다. 대소변도 배출이 안 되니 그 괴로움은 차마 보기 어려웠다. 중환자실 들어가시기 전날 밤 우리가 지키기로 했다. 밤새 어머님은 잠이 오면 눈을 감았다가 눈 뜨면 얘기를 꿈속처럼 하셨다. "꼭 한 번만 집에 가보고 싶다. 너희들 두고 죽기 너무 싫다…. 고맙다…. 고맙다…." 그 좋아하는 집을 지척에 두고 갈 수 없으니 죄스러워 가슴이 먹먹했다.

다음 날부터 중환자실로 옮겨 집중 치료를 받았다. 칠 형제와 동서가 돌아가면서 어머님을 지켰다. 출근길에 들러 어머님 얼굴 뵙고 손을 잡으면 양손을 꼭 잡고 눈을 응시하신다. 그러고는 어서 가서 일 보고 오라고 하신다. 출근해서 근무 중인데 급하게 막내 시동생이 전화했다. "어머니가 다시 형수를 부르라고 해요."라고 한다. 급히 병원으로 달려갔다. 그런데 의외로 편안한 모습으로 기다리고 계셨다. 오늘은 내가 한턱냈다고 하신다. 그게 무슨 말씀이냐고 의아해했더니 미소를 지으시며 내 돈으로 야쿠르트를 5만 원어치 사서 간호사와 의사 선생님들, 간병인들에게 다

사드렸다고 하신다.

마지막 집중치료실에서도 그런 마음이 들었다는 것이 참 아름답게 보였다. 그런데 뭔가 걱정의 말씀을 하실까 싶어 기다렸다. 내가 먼저 "어머님, 아버님은 걱정하지 마세요. 제가 좀 더 잘할게요." 했더니 어머님은 단숨에 "이젠 더 잘하지 마라. 그만큼 받았으면 되었다. 너의 건강이나 챙겨라. 내 마지막 부탁이다."라고 하셨다. 어머님 가슴속에 그런 마음을 갖고 계신 줄은 상상도 하지 못했다. 그러고는 따뜻하게 미소 짓고 "내 부탁을 꼭 명심해라."라고 하시며 야쿠르트 한 병을 주셨다. 나는 죄스러운 마음에도 그 야쿠르트를 마지막으로 어머니 앞에서 들이켰다. 다시 가보라고 하셨다. 이젠 남편을 보내고 근무에 들어갔다. 2시간도 안 되어 남편의 울먹이는 전화가 왔다. 어머님이 돌아가셨다는 것이다.

눈물을 흘리면서 병원에 도착하니 어머님은 평화로운 모습으로 그저 눈만 감고 계셨다. 돌아가셨다고 믿기지 않아서 어머님 가슴에 손을 넣어보니 아직도 온기가 그대로였다. '국화원'으로 어머님을 모시고 가는 구급차 속에서 우리는 눈물 콧물 범벅이 되었다. 냉동고에 어머님을 모시고 허허롭게 우리는 부둥켜안고 한없이 울고 또 울었다. 함께했던 지난날들이 가슴속이 아리도록 다가왔다. 삶이 이렇게 끝이 나고 말았다.

생전에 우리 팔 남매에게 일이 생길 때마다 가슴 태우시던 모습…. 시골에 계실 때 고추 농사, 참깨 농사, 갖가지 농사지어 바리바리 실어 나르시던 나약하면서도 한없이 씩씩했던 모습이 필름처럼 환히 어린다. 우리 아이들 어렸을 때 아기 송이를 따서 실에 꿰어 말려서 보내주셨다. 아파 보채던 아이도 그것을 달여 먹이고 한숨 재우면 환하게 웃게 해주셨던 일 등 수도 없이 많은 생각이 난다.

장례식장은 형제들이 많아 특실로 잡았다. 아이들과 조카들이 자라서 직장 다니는 아이들을 선두로 일사불란하게 움직여주니 질서 있고 경건하게 치를 수 있었다. 조문객이 자정이 넘어도 주차장까지 줄을 서서 기다렸다. 정말 감사한 일이었다. 우리 형제들을 보고 조문을 와 주시는 분들이 이렇게 많다니, 형제가 많아서 자랑스러울 때는 장례식 때인 것 같다. 그렇게 감사와 숙연함 속에서 장례식과 삼우제를 마치고 집에 돌아와 조상님들께 어머님을 부탁드리는 첫 제사를 올리는 것으로 모든 이별의 절차가 끝이 났다. 모든 것이 서투른 우리에게 아버님은 절차와 의례를 다 지휘해 주셨다.

그런데, 갑자기 아버님이 웃으시는데 바지 아래로 물이 흘러내렸다. 추수가 끝난 들판에 홀로 서 있는 허수아비처럼 쓸쓸한 모습이다. 당황한 우리 가족은 의사의 진단을 기다릴 때처럼 아버님의 다음 움직임을 황망하게 바라보았다. 아버님은 길가에 홀로 서 있는 장승 같은 표정이었다. 남편과 아들이 아버님을 모시고 욕조로 향했다.

나목

　　은행나무 가로수가 나목으로 변했다. 11월의 비와 바람이 겨울로 싹 바꿔놓았다. 노란 단풍으로 가득하던 길이 스산하게 변하고 있다. 겨울밤이란 어찌 보면 가슴 짠한 그리운 시간이 되기도 한다. 실내가 포근해서 책을 분류해 본다.

　　결혼 4년의 어느 날 일기가 촘촘하게 적힌 기록이 있었다. 나도 모르게 단숨에 공책 한 권을 다 읽었다. 딸이 4살, 아들이 8개월이 되던 날의 이야기였다. 남편은 친구들과의 약속으로 나가서 밤이 늦었는데도 돌아오지 않아 기다리는 시간이었다. 김장철이라 배추 백 포기에 덤으로 준 다섯 포기까지 한 다음 날의 일기다. 두 아이는 사랑스럽게 잠들고, LP에서는 영화 음악이 흐르고 혼자 있는 시간도 괜찮았다. 옆방에는 시동생과 시누이가 자다가 막내가 잠꼬대하면서 미닫이를 차는 바람에 문이 넘어져 덮쳤다. 밤중에 초등학교 5학년인 막내가 울고 난리가 났던 일이 빼곡하게 적혀 있다. 끝에 내 삶에 왜 이렇게 끊임없이 시련이 연속적으로 오는지, 언제 멈추어질 수나 있을까? 하는 내용이다.

다음 날은 갑자기 시골에 계신 아버님의 전화다. 어머님이 읍에 큰 병원에 입원하셨다. 딸아이는 손잡고 아들은 업고 큰 가방에 준비해서 시골행 완행버스를 타고 갔다. 의료보험이 되지 않을 때라 병원비 준비가 우선이었다. 의성에는 시동생이 자취하고 있었다. 그곳에 여장을 풀었다. 좁은 방에 셋이 들어가니 한 방 가득했다. 도착하자마자 연탄불을 확인하고 저녁 준비를 했다. 옹색하기 짝이 없었다. 두 아이를 아버님과 시동생에게 맡기고 어머님 드실 미음을 끓여서 병원으로 갔다. 어머님은 막 가을걷이를 끝낸 뒤라 얼굴은 깊게 그을리고 손은 거칠어져 있었다. 들쥐가 옮긴다는 '유행성 출혈열' 이라는 병명이 나왔다. 치사율도 높고 고열이라 눈도 뜨지 못하고 계셨다. 밤새 찬물에 짠 수건으로 몸을 닦고 팔다리를 주물러 드렸다. 다음 날도 계속 병원과 자취방을 드나들며 어머님 간호와 아이들 건사를 했다. 아들이 충분히 돌봐주지 못해서인지 또 열이 나고 보챘다. 보채는 아기와 어머님 수발에 시동생 도시락 준비 등 앞이 깜깜했던 날을 기록해 놓았다. 일주일쯤 되어 완벽하진 않아도 퇴원할 정도가 되었다.

아버님과 어머님은 택시를 잡아 시골로 가시고, 나는 아이들과 막차를 타고 집으로 돌아왔다. 집에는 시누이가 있어서 대충 살림을 해놓았다. 나는 직장생활을 하다가 집안일은 해보지도 않은 채 결혼했다. 살림살이는 힘들었지만 닥치니 할 수는 있었다. 겨우 3일이 지났는데 어머님이 다시 더 심해져서 대구로 오시게 되었다. 의료보험도 되지 않을 때라 먼저 병원에 보증금을 내고 부모님을 기다렸다. 시골에서 택시를 타고 오셨다. 우리 부부는 어찌할 바를 몰랐다. 1980년 당시 영대병원도 6층까지만 짓고 있는 상태였다. 집에는 가내공업으로 여러 사람이 일하는 상태라 그저 그대로도 늘 일이 태산인데 이런 일을 당하고 보니 일의 우선순위가 없었다. 어머님을 병원에 모시고 나니 간호할 사람이 필요했다.

그때는 바로 밑에 동서만 있었다. 동서네는 친정어머니와 같이 살았다. 하는 수 없이 나에겐 사장어른이신 동서의 친정어머니가 병원에서 간호를 맡아 주셨다. 사돈 간호를 하신 셈이다. 나는 아침저녁으로 사장어른 밥을 준비해서 아기를 업고 병원을 들락거렸다. 어머니는 날마다 관장을 하고 인공신장기도 달고 있었다. 갈 때마다 희망이 보이질 않았다. 배에는 복수가 차서 3일에 한 번씩 빼내고 나서야 미음이라도 넘기셨다. 배설물이 묻은 빨래는 씻어서 세탁소에서 건조했다. 어찌어찌하다 보니 3개월이 넘어갈 때쯤부터 조금씩 차도가 생기기 시작했다. 4개월이 넘어서 겨우 퇴원했다. 집에서 보신과 치료를 통해 끝이 나지 않을 것 같던 어머니도 1년쯤 지나니 회복이 어느 정도 되었다. 그 해 봄에 집을 겨우 마련했는데 빚이 능력을 넘어서 버렸다. 그래도 어머님은 살렸으니 다행한 일이었다.

다음 해 시부모님을 모시고 시골로 갔다. 시골집에 도착해 보니 서울에 취직되어 갔던 시동생이 분유 깡통에 코피를 흥건하게 흘리고 있었다. 다시 시동생을 데리고 집으로 왔다. 대학병원에서 검사했다. 며칠 뒤 '재생 불량성 빈혈'이라는 병명이 나왔다. 급히 치료하지 않으면 백혈병으로 갈 수 있다고 했다. 이번엔 두 곳 병원에 다니며 치료해야 했다. 입대를 앞두고 있었는데 병원 진단서를 병무청에 제출했더니 입영 면제, 예비군까지 면제가 되었다. 또 보통 일이 아니구나 하는 예감이 들었다. 시동생은 바깥출입도 할 수 없었다. 코피가 심하게 나고 지혈이 안 되니 아기처럼 항상 옆에 데리고 한방에서 돌봐줘야 했다. 아기보다 더 일이 많았다. 어머님과 시동생이 정상으로 돌아오는 데 2년이 넘게 걸렸다. 그동안 시간이 가는지 오는지 가늠이 되지 않았다.

　시부모님은 24년을 같이 잘 사시다가 먼 길 떠나셨다. 시동생도 이제는 결혼해서 장성한 남매를 둔 가장으로 잘 살고 있다.

아버지

　일요일 저녁이다. 남편이 직장에 다니는 아들의 셔츠를 다림질하고 있다. 날씨도 더운데 힘들지 않을까 하는 생각이 든다. 객지에 있을 때는 모든 것을 혼자 해결하더니 집으로 옮긴 후에는 아버지에게 의존하는 아들이 밉살스럽기도 하다. "귀찮지 않아요?" 하니, "내가 해줄 수 있을 때 기쁘게 해줘야지."라고 한다. 만약에 나라면 어땠을까? 젊은 날 아버지의 얼굴이 떠오른다.

　초등학교 2학년 봄 소풍을 앞둔 어느 날이었다. 담임 선생님이 각자 장기 자랑할 거리를 준비해 오라고 하셨다. 나는 걱정이 태산 같았다. 노래도 잘하지 못하고, 춤도 못 추니 생각할수록 막막했다. 아버지에게 말씀드리니 학교생활 속에 있었던 여러 가지를 물어보시더니 선생님 흉내를 내보라고 말씀하셨다. 담임 선생님의 억양과 행동이 특이했기 때문이었다. 나는 선생님의 흉내를 내는 것이 부담스러웠다. 그런데 아버지는 너무 재미있다고 크게 웃으시면서 한 번만 더, 한 번만 더 하시는 바람에 그날 밤늦게까지 연습한 꼴이 되었다.

며칠 후 소풍날이 되었다. 친구들은 노래도 하고, 춤을 추기도 하는데 소심한 나는 또다시 걱정되었다. 과연 선생님의 행동을 흉내 내는 것도 장기가 될 수 있을까? 아버지의 크게 웃으시던 모습을 생각하면서 용기를 냈다. 담임 선생님이 수업 시간 때 하시는 모습을 재현해 보았다. 그런데 선생님이 더 환하게 웃으시면서 손뼉을 치는 것이 아닌가. 드디어 시상 순서가 되었다. 뜻밖에도 내가 금상을 받게 되었다. 상품으로 네모 칸이 그어진 공책 3권을 받은 기억이 있다. 그 후로 나는 뭐든지 걱정거리만 생기면 아버지께 말씀드리곤 했다.

여중에 다니던 어느 날이었다. 학교에서 돌아오니 아버지가 매우 편찮으셨다. 나는 너무 걱정되고 가슴이 답답했다. 내 모든 이야기를 재미있게 들어 주시는 아버지가 누워 계시니 막막하기만 했다. 자리에 누우신 지 한참이 지난 어느 날 학교에서 돌아온 나에게 전설 같은 아버지의 어린 시절을 말씀하셨다. 아버지는 여동생 하나에 남동생이 셋 있었다. 할머니는 막내 삼촌을 낳고 산후병을 얻어 석 달 만에 돌아가셨다. 그 후로 방탕한 생활을 하던 할아버지까지 돌아가시는 바람에 다섯 형제는 졸지에 천애 고아가 되고 말았다. 어린 동생들은 모두 열다섯 살 난 아버지의 책임으로 남았다. 마을 아주머니들의 동냥젖과 미음으로 근근이 막내 삼촌을 키우셨다. 얼마나 힘이 들었으면 어린 나이에 기미까지 검게 끼었을까.

결혼 후 엄마는 불쌍한 유년을 보낸 아버지를 기쁘게 해드리려고 애를 많이 쓰셨다. 질경이 씨앗 기름을 짜서 화장실에서 자정에 불을 켜면 그리운 사람을 볼 수 있다는 구전되는 이야기를 듣고는 한번 해보자고 하셨다. 아버지가 할머니를 그리워하는 걸 눈치챘기 때문이었다.

엄마는 질경이 씨앗을 모으기 위해 무더운 여름 동안 하루도 쉬지 않으셨다. 깨끗하게 씻어서 말린 질경이 씨앗을 들고 읍내 시장에 가서 기름을 짜오셨다. 그날 밤 아버지는 그토록 그리워하던 할머니를 보기 위해 큰 독 위에 널빤지를 얹어 만든 시골 뒷간에서 불을 켰지만, 할머니는 보지도 못하고 발을 헛디뎌 쓰러지고 말았다. 깨어나긴 했어도 기력을 회복하기까지 오랜 시간이 걸렸다.

여고 시절에는 아버지가 건설 현장의 인사 사고로 부도를 맞게 되었다. 빚 때문에 집안의 돼지까지 몰고 갈 지경이었다. 교사가 꿈이었던 내게는 청천벽력이었다. 우리 형제는 뿔뿔이 흩어졌고, 아버지가 자식처럼 기른 막내 삼촌 댁에서 나는 여고 시절을 보냈다. 일 년 뒤 아버지는 다시 대구에서 건설 사업을 시작하셨다. 그러나 아직 가족이 함께 있을 형편은 못 되었다. 아버지는 혼자 하숙을 하게 되었다. 나는 며칠에 한 번씩 아버지가 계시는 하숙집에 갔다. 밀린 빨래도 해드리고 아버지도 만나기 위해서였다. 그때도 꼭 힘든 일은 아버지가 하시고 나는 거들기만 했다. 나는 그 시간이 행복했다.

내가 결혼하고 1년이 지났을 무렵 남편에게 걱정거리가 생긴 듯 보였다. 신혼이라 나에게 차마 말 못 하는 경제적 어려움으로 느껴졌다. 남편 몰래 시골에 계시는 아버지에게 말씀을 드렸다. 이틀 뒤 아버지가 첫차를 타고 오셨다. 당시 아버지는 비육우 사업을 하셨는데 제일 큰 황소 한 마리를 팔아서 막내 여동생 등록 금만 남기고 들고 오신 것이었다. 아버지는 돈만 건네고 막차를 타고 바로 돌아가셨다. 아버지의 소 판 돈은 남편에게 큰 힘이 되었다. 그 후로 공장일이 잘 되어 다 갚아드렸지만, 남편은 처부모를 친부모 대하듯 정성으로 모셨다.

지금 내가 아버지를 한 번이라도 다시 만날 수 있다면 나는 꼭 하고 싶은 것이 있다. 아버지가 좋아하시는 따끈한 정종에 수육 한 채반 쪄서 밤을 새워 두런두런 이야기하고 싶다.

말년에 아버지는 매일 아침 나에게 전화하셨다. 항상 똑같은 내용이었다.

"네 목소리가 보약 한 재다."

오래전에 먼 길 떠나셨지만, 그 다정스러운 목소리는 날이 지날수록 더욱 선명해진다. 지금 내 나이는 그때의 부모님을 훨씬 넘겼지만, 여전히 철부지가 되고 싶을 때가 많다. 내 가슴속에 영원히 지지 않는 보물 상자 하나를 가진 것 같은 아버지의 잔상은 지금도 눈을 감으면 언제라도 꺼낼 수 있을 것 같다. 나 또한 내 아이들에게 가슴속의 보물 상자가 될 수 있으면 좋으련만.

남편이 다림질을 끝낸 모양이다. 빳빳해진 셔츠를 든 채 이리 저리 살펴보고 있다. 나는 그 옆모습에서 세상의 모든 아버지를 본다. 얼굴 가득 미소가 번져가는 모습이다.

엄마의 손수레

　봄비가 촉촉이 내린다. 오늘 같은 날은 잊을 수 없는 추억 하나가 슬며시 다가온다. 두 바퀴를 딛고 서 있는 엄마의 손수레다. 객지에서 건설업을 하셨던 아버지를 도우려고 생각해 낸 첫 차다.

　아버지는 일 년의 반 이상을 가족과 떨어져 생활하셨다. 어린 4남매를 두고 떠나실 때마다 엄마는 옷고름으로 눈물을 훔쳤다. 철없는 내가 아버지의 목에 매달려 떼를 쓰면 아버지 역시 묵묵히 고개를 돌리셨다. 우리 가족은 아버지와 함께 살 수 있기를 간절히 바랐다.

　어느 날 엄마는 초등학생인 나와 남동생 둘을 앉혀놓고 손수레를 보여 주었다. 손수레의 두 바퀴는 아버지와 우리를 의미한다. 바퀴는 서로 돕지 않으면 굴러갈 수가 없다. 이제부터라도 힘들게 일하는 아버지를 돕도록 하자.

우리는 연탄 가게를 열기로 했다. 시골집 대문 기둥에 간판을 붙이고 나니 연탄을 가득 실은 트럭 하나가 마당까지 들어왔다. 연탄 한 차가 어찌나 많게 느껴졌던지 어린 나에게는 높은 산 같았다. 우리는 아저씨를 도와 함께 연탄을 창고로 날랐다. 온 얼굴이 금세 새까맣게 변했다. 엄마의 바지는 검정이라 표가 덜 났지만 우리는 머리끝에서 발끝까지 깜둥이가 되었다.

차가 가고 난 뒤 엄마는 가마솥에 물을 데워 우물가에서 우리를 씻겼다. 옷을 갈아입은 후 엄마는 부랴부랴 더운밥을 지었다. 우리는 커다란 양푼을 꺼내 마늘밭 사이를 덮은 짚 위에서 자란 시금치와 삼동 초나물과 된장, 고추장을 넣고 비벼서 먹었다.

이튿날부터 우리는 손수레 끄는 연습을 했다. 짚과 나무들을 싣고 엄마는 앞에서 끌고 아이들은 뒤에서 미는 연습이었다. 오르막길에서는 밀고 내리막길에서는 당겨야 했다. 우리는 시간 날 때마다 연습을 거듭했다. 처음에는 엉거주춤 서툴렀지만, 횟수를 거듭하니 자신감이 붙는 것 같았다.

드디어 며칠 뒤 과수원을 하는 부잣집에서 연탄 주문 100장이 들어왔다. 우리는 50장씩 두 번 배달하기로 하고 자신만만하게 출발했다. 연습한 효과가 있는 것일까. 생각보다 순조롭게 잘 가는 것 같았다. 문제는 내리막길이었다. 뒤에서 죽을힘을 다해 당겼는데도 역부족이었다. 손수레 앞이 버쩍 들리면서 앞에서 끌던 엄마가 높이 매달렸다. 어-, 어-, 하는 사이 연탄 실은 손수레는 사정없이 길 아래 모내기한 논에 곤두박질을 치고 말았다. 엄마도 손수레와 함께 논에 빠져 우리가 모두 달려갔는데 논이 깊어 넷이 다 빠지는 사태가 벌어졌다. 우리는 연탄을 뒤집어쓴 채 오도 가지도 못하는 신세가 되어 논바닥에서 허우적거렸다. 마침 그때 소달구지를 끌고 지나가던 이웃 아저씨가 없었더라면 어떻게 되었을까.

그날 저녁 엄마는 우리를 데리고 논 주인집을 찾아갔다. 정성껏 모내기해 둔 논을 연탄을 실은 손수레가 망쳐 놓은 것이었다. 우리는 꿇어앉아 울음을 터뜨렸고 엄마는 손해 난 것을 배상해 드리겠다며 용서를 구했다. 그러나 뜻밖에도 무섭게 생긴 그 할아버지는 우리에게 웃음 가득한 얼굴로 다가오셨다. 온 가족이 열심히 일하는 모습이 대견하다고 칭찬하면서 손을 잡고 등을 토닥이는 것이 아닌가. 그날 논 주인 집에서 얻어먹은 칼국수 맛은 오랫동안 내 마음에 남아 있었다.

몇 달 후 아버지가 집으로 오셨다. 큰 공사를 맡으셨다고 하더니 일이 잘되었는지 말 그림이 그려진 가죽 가방에 돈을 가득 가져오셨다. 엄마와 의논해서 일등호답을 한 블록 반이나 산다고 했다. 우리는 기뻐서 손을 잡고 펄쩍펄쩍 뛰었다. 아버지는 엄마의 손수레를 당장 치우라고 말씀하셨다. 아이들 고생시킨다고 화난 얼굴로 엄마를 나무라기까지 하셨다. 그러나 우리는 그 후로도 한참 동안 그 일을 계속했다. 이제는 제법 익숙해져서 오르막길에서는 힘차게 밀다가도 내리막길이 되면 진득하게 당기는 여유를 보이기까지 했다. 수레 뒤쪽에 연탄을 조금 더 싣는 요령까지 생긴 터였다.

막냇동생이 문제였다. 늦둥이라 2살 갓 넘은 아이를 방에 재워 두고 온 식구가 배달하고 온 날이었다. 엄마가 뛰어가서 방문을 열었는데 아이가 없었다. 겨우 걸음마를 익혔을 때라 우리는 울면서 찾아다녔다. 한참 후 아이는 외양간 앞에 송아지와 함께 놀고 있는 것이 발견되었다. 소똥이 가득한 곳에서 옷에 소똥 칠을 한 채 놀고 있었다. 그날 엄마는 막내를 끌어안고 너무 많이 울어서 목이 잠겨 말이 안 나올 지경이 되었다. 난생처음 엄마가 그렇게 많이 우는 것을 본 날이었다.

드디어 우리 식구는 함께 모여 살게 되었다. 그뿐만 아니라 우리 집은 마을에서 두 번째 가는 부잣집이 되었다. 살던 집도 대대적으로 수리를 하여 높은 지붕과 넓은 마루를 갖게 되었다. 우물과 장독대 옆에는 봉숭아, 채송화, 맨드라미가 철 따라 다투어 피어났고, 마당에는 온갖 꽃과 나무가 아버지의 손길을 기다리고 있었다. 아버지는 특히 파초와 홍초, 오죽을 좋아하셨다. 틈틈이 나무 손질을 게을리하지 않아 나뭇잎은 기름지고 꽃은 마을에서 가장 크고 풍성했다.

사십 년도 더 지난 지금도 형제들은 가끔 그때의 추억을 되씹어 보곤 한다. 당시의 엄마 나이를 훌쩍 넘긴 자식들은 이렇게 봄비가 오는 날이면 내 아이들과 그 아이들의 아이들에게까지 화합의 메시지가 되는 엄마의 손수레를 생각하며 행복한 미소를 짓지 않을 수 없다.

엄마의 여덟 번째 기일

　　　　5월은 그리움으로 다가온다. 엄마가 돌아가신 날이 5월 10일이었다. 11년 전 엄마가 갑자기 자궁경부암 판정을 받았고 병원에서는 우리가 원하는 답을 주지 못했다. 방사선치료를 2주간 받을 무렵 아버지가 먼저 충격으로 앓아누우셨다. 내가 너희 엄마를 지켜주지 못해서 이 지경이 되었다고 자책하셨다. 엄마에게 집중해야 하는데, 아버지가 더 환자가 되어갔다. 우리는 아버지가 야속하기까지 했다. 일주일 후 아버지는 점점 쇠약해지고 병원 치료도 아무 소용이 없었다. 결국 못 일어나시고 먼저 하늘나라로 가셨다. 돌아가시기 전날 엄마와 신혼 때 얘기며 우리가 태어나서 즐겁던 추억들을 얘기하면서 그날 밤을 뜬눈으로 보냈다고 했다. 다음 날 아침에 뜻밖의 호흡곤란이 왔는데도 엄마에게 아버지는 '나는 이제 명이 다했다.' 고만 했다.
　아버지는 모든 서류와 통장을 분류해서 병원비와 훗날 엄마가 가실 때까지 우리에게 도움받지 않도록 해놓았다. "아이들과 같이 살지 말고 집은 죽은 다음에 넘겨주도록 하고 3년만 더 살다가 오라"고 당부하며 미소까지 지었다고 했다. 연락이 와서 우리 남매가 불시에 다 모였다. 아버지의 마지막을 지켜볼 수밖에 없었다. 그 시간이 마지막이 되고 말았다. 오래전에 직접 마련해 놓은 가족 납골당으로 모셨다. 그야말로 비석만 차에 싣고 와서 날짜만 새기면 되었다. 그 후 엄마는 아버지의 부재에 아픔까지 있었지만, 우리 남매는 교대로 휴일엔 엄마를 모시고 방갈로 같은 곳이나, 독립적으로 쉴 수 있는 곳으로 갔다. 다행히 치료 후 진통제를 드셨고 기분 좋게 하루를 보내곤 했다. 엄마는 아버지 말씀대로 3년 후에 따라가셨다.

남편은 일본으로 15일 동안 배낭여행을 떠났다. 평소보다 한 시간 반가량 먼저 가게 문을 닫고 혼자 운전해서 간다. 앞산 순환도로를 달리는데 어린 시절 부모님과의 일들이 필름처럼 스친다. 그중 제일 아쉬운 점은 엄마가 늘 글을 쓰셨는데 책을 한 권 내드리지 못한 게 두고두고 한이 되었다. 18년 전 갑자기 나의 수술로 인해 엄마가 두 달 동안 보살펴주실 때 내가 좋아하는 무청을 넣어 끓인 고디탕을 해주셨다. 직접 아버지와 재래시장에 가서 장을 봐와 매일 해주셨다. 소화력이 떨어진 나를 위해 갖은 애를 쓰셨다. 그때 나에게 엄마는 글 얘기를 하셨는데 나는 아픔에 경황이 없어서 엄마의 뜻을 헤아리지 못했다. 두 달 후 집에 가셔서 가치가 없는 것 같아 평생 쓰신 한 고리짝이나 되는 글들을 다 태우셨다고 했다. 난 그날 정말 가슴을 치며 후회했다. 왜, 소중하게 생각했던 엄마의 글에 그런 태도를 보여 글을 버리도록 만들었나? 이젠 되돌릴 수도 없는데 그날 엄마와 나는 울고 한없이 운 기억이 되살아난다.

방송에서 '울어라 열풍아'가 흘러나온다. 엄마가 좋아하셨던 노래다. 나도 지금 하모니카로 잘 불 수 있는데 하는 아쉬움이 가득하기만 하다. 한 시간 후 경산 친정집에 도착했다. 얼마 전 결혼한 질부가 고운 한복을 입고 상냥하게 맞아준다. 이어서 동생 내외들이 모두 나와서 반긴다. 집 안은 새 사람을 맞이한다고 새 단장을 하고 새롭게 변해 있다. 엄마가 기르시던 꽃들이 더 아름답게 피어서 향기를 뿜으며 엄마가 반기듯 향이 나를 감싸 안아주는 듯하다. 제사상 앞에 놓인 엄마 아버지의 영정사진은 돌아가실 때 입은 한복 그대로다. 최근 딸아이의 임신 소식과 아들의 취직 소식도 전한다. 남편이 오지 못한 소식까지 전하고 제사를 지냈다. 동생댁은 갓 시집온 며느리가 예쁜지 절하고 있는 질부의 치마가 벌어질까 반듯하게 뒤에서 잡아주는 모습이 젊었을 때 엄마가 올케에게 하시던 모습과 너무나 똑같다.

밤 12시 넘어 나 혼자 오는 길은 조용하고 수은등만이 쓸쓸하게 도로를 밝힌다. 이젠 지금 할 수 있는 일을 해보자. 나의 이야기로 책을 만들어 엄마에게 바치면 되겠다. 어린 시절 부모님과의 행복했던 이야기와 여고 시절 객지에 나와 있을 때, 엄마가 필요할 때 고향 쪽을 바라보면서 울다가 잠이 들어 눈이 부었던 날도 있었다. 지금 계신다면 옆자리에 모시고 즐겁게 옛 이야기하면서 맛집과 좋은 곳에 얼마든지 갈 수 있는데 부모님은 기다려주지 않아 허망하고 그립고 그립다. 하늘에서 늘 지켜보고 계시겠지요?

언젠가 만날 그날까지 아픔 없는 나라에서 잘 계시면 이 세상 열심히 살다가 부모님 뵈러 가겠습니다. 보고 싶습니다. 너무너무 그립고, 사랑합니다.

미안해요 고마워요

　　1979년 늦가을 날이었다. 직장을 다니는 나는 20대 중반이었다. 시골에 계신 부모님을 만나기 위해 한 달에 두 번 정도 갔다. 부모님께 드릴 선물과 동생들 학용품을 사고 특별히 엄마에겐 그즈음에 유행한다는 꾀꼬리색 한복을 맞춰서 가지고 갔다. 시외버스정류장에는 고향으로 가는 학생들과 직장인들이 표를 사기 위해 길게 줄지어 있었다. 줄을 서서 기다리는데 베이지색 양복에 흰 티셔츠를 입은 말쑥한 청년이 나에게 표를 내밀며 미소 짓는다. 너무나 뜻밖이라 깜짝 놀라며 "여기에 어떻게 오셨어요?" 내가 말했다. 그의 대답이 "아닙니다, 표 사 드리러 왔습니다."라고 한다.

　몇 주 전, 아버지와 부모님이 주선해 놓은 선 자리를 하루에 몇 차례 보는데, 중년의 아저씨가 계속 나타났다. 나와 아버지는 좀 이상했지만, 별일 아닌 생각으로 넘겼다. 다시 대구로 되돌아오기 위해 시골 버스정류장까지 아버지가 마중해 주셨다. 그때 그 중년의 아저씨가 아버지에게 "실례합니다. 저에게도 아들이 있으니 시간은 아주 필요하지 않을 것입니다. 한 번 만나게만 해줍시다." 아버지도 그건 그리 어렵지 않으니 "그렇게 합시다."라고 하셨다. 함께 버스를 타고 대구에 도착했다. 잠깐만 정류장 근처 작은 다방에 우리를 기다리게 하셨다. 아마 아들에게 연락해서 급히 나오게 한 모양이었다. 서로 아무런 약속도 없이 갑자기 만났다. 그런 다음 오늘이 두 번째이다.

그 후로 약속도 없이 출퇴근길마다 길목에서 마주쳤다. 그러기를 일 년쯤 지났을 때 우리는 결혼을 했다. 처음엔 아무 걱정도 없이 뭐든지 알아서 미리미리 해주니 마냥 재미있는 결혼생활로만 생각되었다. 그것도 잠시 시동생들은 내 차지가 되고 주부로서의 삶이 부담스러워지기 시작했다. 가난한 살림에 김장독을 사는 것보다는 보온성만 있으면 되겠다 싶었다. 이웃에 있는 전자제품매장에서 큰 박스 두 개를 얻어왔다. 비닐 두루마리를 사서 양념한 김치 두 포기씩을 넣을 정도로 잘랐다. 생 고무줄로 묶어서 두 겹으로 하고 옥상 장독대에 내 키보다 더 큰 박스에 먼저 천을 깔았다. 켜켜이 김치 봉지를 놓고 사이사이 조각난 천들을 넣어서 백 포기가 넘는 김치를 만드는데 밤을 꼬박 넘겼다.

주부로서의 생활은 의미가 별로 없다는 생각이 들었다. 그래서 남편 마음 상하지 않게 내가 사회에 뛰쳐나오는 방법을 오랜 기간 동안 고민에 고민을 거듭했다. 3년 후 드디어 결혼 후 처음으로 내 주도적인 경제생활을 시작하게 되었다. 기대 이상으로 잘되었다. 그리고 남편과 함께 같은 직업을 갖게 되었다. 일은 잘되었지만 육아 문제와 많은 식구의 뒷바라지는 밖에 나와도 여전히 계속해야만 했다. 8년 정도 호경기로 인해 승승장구로 가게도 마련하고 이제 경제적으로 안정이 되어가는 이른 봄에 갑자기 신장암이란 복병을 맞이하게 되었다. 처음엔 억울하고 분노하고 허망하고 절망하고 어떻게 받아들어야 할지 내 가슴엔 먹구름만 뒤덮혀 걷힐 줄 몰랐다. 남편의 적극적인 설득으로 수술했다.

조리도 사치라 생각했다. 남은 삶이 길지 않은데 어정거릴 시간이 없었다. 나는 횡설수설 우왕좌왕했다. 억수같이 쏟아지는 빗속으로도 여지없이 나가서 이곳저곳을 운전하는데 나의 뇌리에는 위험은 없었다. 내 생각만 중요했다. 주로 밤에 잠을 잘 수가 없어 여행이라 말하기엔 문제가 있었다. 남편은 일방적으로 내 이야기를 듣고 응수해 주었다. 아이들 얘기며 미래에 내가 없어지면 해야 할 당부 같은 말들만 했었다.

남편은 묵묵히 들어 주었다. 길 위에는 아무 차들도 보이지 않았다. 자정을 넘은 시간에도 그러고 다녔다. 지금 생각해 보면 그당시 남편의 가슴은 얼마나 새까맣게 탔을까? 그땐 알지 못했다. 내 마음이 너무나 바빠서 따뜻하게 배려하는 모든 일들을 당연하게 받기만 했다. 저녁마다 지압해 주어야만 겨우 잠들 수 있었다. 다들 그렇게 사는 것으로 생각하며 계속해서 요구만 했다. 뜬금없이 환자가 공부하겠다고 일방적으로 통보를 했다. 건강이 회복

된 후에 하라고 만류할 때도 나는 이해하지 못했다. 몇 날을 눈물을 흘리면서 간청을 해서 마지못해 허락을 받았다. 그의 마음이 얼마나 아팠을까, 세월이 한참 지난 후에야 알았다. 나 자신만 바빴다. 주변을 생각할 여유는 아예 없었다. 더구나 늘 배려하는 마음을 헤아릴 생각조차 하지 않았다. 늘 건강하게 곁에만 있어 주면 행복하겠다는 말에도 전혀 감동하지 않았다.

오랜 세월이 지나 아버님이 병환 중에 계실 때 봉사단 연중행사로 중국에 갔었다. 그룹의 리더라 고민이 되었다. 하지만 대책을 세우고 있었다. 뜻밖에 남편은 망설임 없이 다녀오라고 했다. 그것도 여러 형제와 동서들 앞에서 떳떳하게 다녀오도록 했다. 대신 휴대폰은 좀 켜 놓으라고 했다. 도착한 다음 날 아버님이 좋아지고 계시니 걱정하지 말고 여행하고 오라고 했다. 더 걱정되었지만 책임은 다할 수 있어서 미안하고 고마웠다. 저녁에 화려하고 거대한 이강의 물속에서의 멋진 공연을 보는데 혼자서 보는 것이 안타까울 뿐이었다. 그리고 몇 달 후에 아버님도 먼 곳으로 가시게 되었다.

지금 생각해 보면 함께 사소한 일상사를 나누고, 작은 꿈도 꿀 수 있도록 배려해 주는 사람, 와인을 같이 음미할 수 있고, 우리 아이들의 추억을 나눌 수도 있었다. 드라마 같은 내 삶에 전기 같은 존재인 그에게 이젠 돌려주고 싶다. 나의 이기심으로 인한 수많은 괴로움에도 지치지 않고 지켜줘서 고마워요, 미안해요 끝없이~~

운전 연습

TV마다 노래 경연이다. 특별하게 보려고 애를 쓰지 않아도 연결이 된다. 퇴근 후 편하게 같이 할 수 있는 것이 TV이다. 아이들이 다 독립하고 나니 무엇을 해도 상관이 없다. 학교 다닐 때는 공부에 방해될까 봐 TV도 가려서 봤다. 야구를 좋아하는 사람은 야구 보고, 드라마 좋아하면 따로 보고, 보고 싶은 대로 보니 참 자유롭다. 그런데 코로나 19 이후에는 트로트에 몰입되어 버렸다. 여러 세대의 노래를 젊은 청춘들이 끼를 발휘하며 부르니 새롭다. 달콤하게도 부르고 시원하게도 부르고 랩도 섞어서 부르니 더 재미있다. 트롯맨들이 둥근 평균대 위에 둘씩 올라가 베개 싸움을 하는데 재치도 있고 인정사정 볼 것 없이 베개로 내치니 정말 배꼽 잡으며 웃었다.

맥주까지 한 캔씩 마시면서 인간 컬링 할 때는 우리 고향의 컬링 여제들 얘기도 하면서 "영미, 영미"라고 부르면서 경기하던 생각이 났다. 정말 재미있고 함께 하는 듯해 그게 뭐라고 시간 가는 줄 모르고 봤다. 다음으로 베개 게임을 하는데 서로 치열하게 하여 너무 웃겼다. 넘어지고 엎어져 돼지가 팔려 갈 때 장대에 매달리듯이 꾀를 써서 대롱대롱 함께 매달려서 웃음을 준다. 한밤중에 배꼽 빠지게 웃다가 갑자기 남편이 뭔가 생각난 듯 크게 웃어서 난 뜻도 모르고 웃다가 왜? 뭐가 생각났는데? 물었다. 뜻밖에 나의 운전 연수 때 생각이 났다는 것이다. 어이가 없었다. 웃을 일이 아니다. 기분이 쎄해 나쁘긴 한데 말하기는 좀 민망하다. IMF 후 찻값을 30%씩 할인해 줄 때 차를 사줬는데 기계치, 운동치, 음치, 박치 등 치가 많은 사람이 바로 나다. 연수를 남편이 해주겠다고 했을 때 망설였는데 그만 같이 하는 실수를 했다. 다른 사람들 말에 따르면 부부는 운전 연수는 절대 안 된다고 하던데 하지 않겠다고 했지만 우리는 괜찮을 거라고 했다. 남에게는 너무 둔감해서 창피할 것 같아서 그러자고 너무 쉽게 승낙했다.

새벽에 차가 덜 다닐 때 차를 가지고 나가서 했다. 처음엔 부드럽게 허리는 바르게 세우고, 운전대와 간격은 여유롭게 띄우고, 시선을 멀리 보고, 안전띠부터 매고, 천천히 긴장하지 말고 하자고 했다. 생각보다 잘하겠다면서 겁만 먹지 않으면 잘 할 수 있겠다고 했다. 직선거리는 잘 갔다. 처음엔 용기를 북돋아 주기에 할 듯도 했다. 그런데 좌회전은 되는데 우회전만 하면 긴장이 바짝되어서 온몸이 후끈 달아올랐다. 천천히 옆을 보면서 브레이크에 발을 올리고 살살하자! 어! 어!! 순간 갑자기 찍…. 쿵…. 차가 인도로 돌진해 버렸다. 브레이크를 밟아야 하는데 액셀을 밟은 것이다. 나도 놀라서 어찌할 줄을 모르는데 갑자기 천둥 벼락이 쳤다. "같이 죽고 싶어!! 당장 내려!" 난 바보같이 내려서 인도에 앉아서 꼼짝달싹할 수도 없고 후회는 밀려오고 끝내 저런 사람하고 같이 살면 안 되겠다는 끔찍한 마음마저 들면서 그저 멍하니 앉아 있었다. 앞 범퍼는 푹 들어가서 흉측하게 되어 버렸다.

난 운전이고 뭐고 이젠 다시는 하지 말아야지. 이 남자하고는 아무것도 같이 하고 싶지 않았다. 한참을 새벽 어스름한 길가에 멍하니 떨고 있었고, 나를 한심한 듯 보고 있더니 마음을 바꿨는지 피식피식 웃었다. 난 더 약이 올랐다. 그깟 운전 처음 배우는데 그것 못한다고 그런 태도를 보이는 저 남자는 뭔데? 그러고는 옆에 같이 앉더니 부서진 것 별것 아니다 갈아 끼우면 간단하다. 많이 놀랐지? 하면서 다시 표정도 바꾸고 잠깐 기다리라고 하더니 근처 어딘가 가서 청심환을 사 와서 줬다. 오늘은 그만 집으로 가자고 하더니 다시 방향을 틀어 비슬산 쪽으로 가면 넓은 공터가 안전하니 내가 다시 쉽게 가르쳐 줄 테니 한 번만 더 연습하고 가자고 했다. 내 몰골이 말이 아니었지만, 이왕에 시작했으니 친절하게 말할 때 못 이기는 척하고 다시 해보기로 했다. 살살 하니까 제법 되는 듯했다. 내친김에 10분만 10분만 하다가 아침 해가 쑥 내밀어 인사할 때까지 하게 되었다.

다음 날은 시외도 가고 점점 더 멀리 터널도 지나고 3일 연습을 하고 혼자 하게 되었다. 옆에 있을 때는 차라리 혼자 하는 것이 편할 것 같았는데 막상 혼자 하니 운전대만 잡으면 숨이 턱까지 차올랐다. 혼자서 연습하는데 좌회전 쪽으로만 가다 보니 성주까지 가게 되었다. 집까지 갈 일이 태산같이 느껴졌다. 한적한 곳으로 가서 PT 체조를 혼자 풀쩍풀쩍 30번 정도 뛰고 앉아보았다. 좀 진정이 되는 듯해서 출발했는데 성주대교를 지나는데 내 차 양옆으로 큰 화물차가 지나가니 내 몸이 사이에 끼여서 옴짝달싹 못 하는 기분이 들었다. 어찌어찌해서 겨우 집에 돌아왔다. 시간이 흐를수록 차가 원수 덩어리 같았다.

계속 차를 두고 버스를 타고 다니자니 그것도 말이 아니었다. 내친김에 밤에 강의가 있어 가는데 가지고 갔다. 끝나고 나니 또 끌고 갈 일이 깜깜했다. 그래도 익혀야지 별수가 없다. 가보자! 하는 마음으로 집으로 향했다. 올 때는 분명 유턴하면 시내로 가는 것으로 봐두고 왔는데 출발해 보니 그 길이 아니었다. 가다 보니 신천대로에 들어서 버렸다. 차선으로 들어서긴 했는데 어떻게 가야 집 쪽인지 도저히 가늠되질 않았다. 가다 보니 팔달교도 나오고 집과는 점점 멀어져 가고 있었다. 틈새를 봐서 갓길에 차를 세우고 마음을 가다듬고 방향을 다시 확인하고 출발했다. 시간은 자정이 넘었다. 어떻게 하다 보니 출구로 빠져나와서 도로 표지판을 보니 북부정류장이었다. 그때 갑자기 옆 개인택시가 빵빵 신호를 보냈다. 차 등도 켜지 않은 채로 밤이 늦도록 신천대로를 달렸다.

'초보운전' 표시를 보고는 내려서 등을 켜주면서 초보는 그럴 수 있다면서 인상 좋은 아저씨가 친절하기까지 했다. 그날 밤 집에 도착했을 때 온 식구들은 잠이 들어 내가 헐떡이며 들어가도 아무도 눈치채지 못했다. 가슴이 쿵쾅거려서 잠을 잘 수가 없었다. 세월이 지나니 그것도 추억이 되고 아무것도 아닌 것이 그렇게도 어렵고 가슴 졸이는 일이 된 것이 참 혼자 생각해도 웃음이 난다.

그랬구나

　　나에겐 내세울 것 없어 가볍다. 한결같이 마음
을 두지 않으면 안 되는 신체 구조로 되어있다. 머리카락은 가늘
고 색깔은 연갈색이다. 눈은 안경을 쓴다. 귀는 이명으로 즐겁지
않은 소리가 늘 차지하고 있다. 코는 높다. 피부는 얇다. 입은 표
준보다 크다. 목은 가늘지 않다. 어깨는 좁다. 다리는 굵다. 허벅
지 또한 굵다. 발은 평발이다. 목소리는 가늘다. 팔은 굵다. 성격
은 소심하다. 머리는 둔하다. 몸은 별로 튼튼하지 않다. 마음은
앞선다. 식성은 까다롭다.

　　엄마는 나에게 머리카락은 가늘고 날날이 깔려야 귀티가 난다
고 하셨다. 피부는 뽀얗고 얇아야 사랑받는다. 목소리는 듣기에
참 정답다. 나의 굵은 다리는 엄마의 가는 다리에 비해 견딜힘이
있다. 굵은 팔은 아버지 닮아 훗날 뼈대가 튼튼해서 골골하지 않
는다. 잘 아픈 몸은 보약을 많이 지어 주셨다. 까다로운 식성으로

못 먹는 것이 너무 많았다. 멸치는 비려서 안 먹고 국수는 속이 거북하고, 생선도, 고기도 식구들이 다 잘 먹어도 나는 항상 쪼그마한 그릇에 따로 담아 그 양만 다 먹으면 크게 칭찬하셨다.

지금 생각해 보면 부모님을 참 힘들게 했다. 게다가 겁은 또 많아서 학교에도 혼자 가지 못했다. 비가 오면 지렁이가 길에 많이 나와 있어 못 갔다. 한길에 도로 돋우는 부역으로 자갈을 많이 깔아 놓으면 잘 넘어져서 못 갔다. 그러나, 옷은 예쁘게 입는 것을 좋아했다고 한다. 외숙모님이 무명천을 물들여서 곱게 수를 놓으면 엄마는 옷을 만들어주셨다. 잘한 것이 있다면 옷은 항상 정갈하게 입었다고 한다. 활동을 많이 하지 않았다는 말일 것이다.

갑자기 아버지 사업이 부도가 나고 어려워졌다. 여고를 대구에서 나와 막내 삼촌 댁에서 다니게 되었다. 삼촌은 아버지가 자식처럼 키운 동생이다. 하지만 숙모는 상당히 현대 여성으로 똑똑하고 아름다운 분이었다. 나의 말버릇 식사 버릇까지 싹 다 바꿔야만 같이 살 수 있었다. 나와는 열두 살 띠동갑이다. 만만하던 삼촌도 거리감이 생겼다. 사촌들은 내가 돌봐야 할 정도로 어리니 순간에 어른이 되어버렸다. 부모님과 떨어져 객지에 있으니 모든 게 불편했다. 자연스럽게 가족이 되려면 습관이 된 모든 것을 바꿔야 했다. 식성과 숙모 친정 식구들과의 관계가 가장 어려운 일이었다.

가정부가 두 명이나 있어서 그래도 나에게 호의적인 편이었다. 교복 흰 카라를 풀 먹여야 하는 것이 일이었다. 운동화 씻을 때도 꼭 어린 사촌들 것을 함께 씻어 주기를 원했다. 나는 이해가 안 되었지만, 같이 씻어서 말리는 것도 신경을 썼다. 저녁이면 부모님 계신 쪽을 바라보기만 해도 눈물이 났다. 그 시절엔 까만 타이츠에 올이 왜 그리 잘 풀렸던지. 양말을 보물처럼 간수하게 되었다. 식성도 굶어 보았다. 배가 심하게 고프면 무엇이든지 먹을 수 있겠지 싶었다. 마음을 다잡으려고 제2외국어인 독어를 열심히 공부했다. 어려운 걸 하다 보면 부모님 그리움이 줄어들었다.

사회생활은 훨씬 쉽게 생각되었다. 외로움도, 그리움도, 눈치도 훈련이 되는구나. 지금 생각해 보면 객지에서 지냈던 것이 삶에 지혜가 된 것이다. 삼촌 댁에서 부모님과 다른 공간에서 적응해 나가는 목표가 한 가지 있었다. 부모님을 기쁘게 해드리는 것에 가치를 두었다. 그랬구나, 어떤 환경이라도 적응하면 경험과 지혜가 되었다.

하루 여행

       결혼기념일이다. 창밖을 보니 따뜻하고 맑게 보인다. 서두르지 않고 천천히 준비한다. 가볍게 떠나 보기로 하고 길을 나선다. 이번엔 한참 만이다. 경주, 감포 쪽으로 방향을 잡고 출발한다.

  해마다 다른 일들이 생긴다. 올 한 해는 남편의 건강에 이상 신호가 와서 초비상 상태로 병원을 들락거렸다. 피검사 결과 전립선 수치가 높다고 나왔다. 계속 추적검사를 받기 시작했다. 3월에 암으로 의심된다는 담당 의사의 소견이 나왔다. 초음파를 거쳐 MRI, MRA 등 많은 검사를 받았다. 전이는 일단 되지 않았다. 안도하긴 했지만, 평소에 철저하게 건강관리를 하던 사람이다. 남편 스스로가 이해하기 힘들어했다. 하지만, 마주한 현실 앞에서는 어쩔 수 없었다.

  7월에 수술을 받기로 했다. 설상가상으로 아래층에서 누수가 심하다는 연락이 왔다. 정신을 가다듬고 현실을 바라봐야만 했다. 우선 아래층에 양해를 구했다. 수술 후 퇴원하면 바로 해드리도록 약속했다. 병원에서는 가벼운 수술 정도로 생각하는 듯했다. 7월 끝자락에 수술했다. 코로나로 인해서 보호자 출입이 엄격했다. 입원 전 코로나 검사, 입원 후 검사를 하게 되었다. 나이도 있고 해서 여러모로 걱정이 많았다. 나는 내가 할 수 있는 여러 가지를 생각해서 했다. 우선 수술 후 고통스러울 때를 대비해 부드러운 거즈를 많이 준비했다. 입 안을 철저하게 닦아주며 조금이라도 상쾌하기를 바랐다. 다음으로는 지압봉을 준비해서 다리, 팔, 전신 지압을 계속했다. 효과가 있었는지 이틀이 지나니 운동을 하기 시작했다. 생각보다 스스로 애를 쓰니 나도 덩달아 운동을 하게 되었다.

4일 만에 혼자 남겨두고 집으로 돌아왔다. 남에게 맡겨둔 사업장이 염려되었기 때문이다. 바로 근무에 들어갔다. 생각 끝에 매일 새벽 6시에 집에서 몇 가지 반찬을 준비해서 병원으로 갔다. 남편은 피곤하니 그렇게까지 하지 말라고 했지만 멈출 수가 없었다. 걱정만 하는 것보다 매일 살피는 것이 편했다. 10일 만에 퇴원했다. 바로 누수를 잡기 위해 미리 약속해 둔 실내장식 매장에 들렀다. 며칠 후 화장실 누수로 확인되어 바로 공사에 들어갔다. 내친김에 양쪽 화장실을 완전히 개조하는데 열흘이나 걸렸다. 산뜻하게 고치니 한결 마음이 가벼워졌다.

퇴원 후 남편은 말할 수 없이 힘들어했다. 조마조마한 마음으로 지켜볼 수밖에 없었다. 그래도 시간이 지나니 점점 불편함이 줄어드는 듯 보였다. 일 년은 지나야 정상이 될 것으로 생각했다. 한 부분이 무너지면 불안해서 여러 곳을 검사하게 되었다. 다행히 다 괜찮았다. 천만다행으로 11월에 접어들자 확 좋아지기 시작했다. 우리 부부는 누군가가 우리를 돕고 있다는 마음이 들기 시작했다.

이제부터 마음을 가다듬자! 하나하나 하고 싶은 것을 생각해 보기로 했다. 의외로 사소한 것들이 대부분이라 놀라웠다. 남편과 42주년 결혼기념일에 가까운 경주 일대와 감포 쪽으로 다녀오자고 약속했다. 홀쩍 떠나기로 했다. 가벼운 마음이라 준비도 필요 없다. 길을 나서니 어느새 가을 들판에 곡식이 사라지고 없다. 빈들만 횡하니 지나가는 여행객들을 바라볼 뿐이다. 우리는 다시 돌아온 일상이 감사해서 하늘을 올려다보았다. 맑은 초겨울 파란 하늘엔 흰 구름만 가볍게 떠 있다. 한 시간여 만에 경주에 도착했다. 불국사, 석굴암 도로 표지판이 보인다. 불국사는 너무 복잡해서 바로 석굴암 쪽으로 올라간다.

도로 양옆에는 오랜 세월 따라 수려한 가로수들이 건강하게 찾아온 우리를 고운 단풍과 함께 크게 환영했다. 흙길은 더 넓어지고 아이들을 데리고 온 가족들이 많았다. 우리도 아이들과 함께 왔던 추억들을 떠올리며 석굴암 내부가 더 웅장해진 느낌이 들었다. 바닷가 끝자락에 노인 부부가 하는 횟집을 찾아갔다. 오랜만에 간 우리를 알아보시고 특별히 따뜻한 밥을 새로 지어주셨다. 옆 큰 횟집을 문을 닫고 자그마한 노인 부부만이 오랜 세월 한결같이 지켰다. 설이 지나면 바로 자연산 도다리가 나온다고 한다. 그때 꼭 다시 얼굴 보자고 하신다. 멀어지는 우리를 향해 오래오래 손을 흔들고 계셨다.

불〔火〕

집을 나선다. 바람에 흙냄새가 난다. 비가 올 기세다. 휴일이라 산을 좀 걸어볼 요량으로 가까운 산으로 향한다. 신은 차에 두고, 바짓단은 한 번 접은 뒤 우산을 들고 산을 오른다. 잠시 뒤 비가 우산 위로 후두둑 소리를 낸다. 기다리고 기다리던 단비다. 좀 많이 내리기를 바랐지만, 사방이 금세 훤해진다. 먼지가 잘 만큼 비가 왔다.

뉴스에서는 울진, 삼척지구에서 난 불이 213시간 만에 진화되었다고 한다. 서울 면적의 삼 분의 일가량이 잿더미로 변하고 말았다. 오랜 세월 가꾼 산림이 우리 인간의 부주의로 엄청난 재난을 계속 일으키고 있어 안타깝다. 날씨가 흐리거나 비가 오면 까치들이 무리 지어 깍깍거린다. 까치는 꼭 사람들 가까이 살며 마음을 설레게 하기도 한다.

신혼 시절 생각이 떠오른다. 당시 막내 시동생이 초등학교 5학넌이고 위로 두 시동생과 시누이가 함께 살았다. 부부 모임을 다녀왔을 때다. 겨울밤에 따뜻한 비닐 방바닥에 있는 개미를 성냥을 켜서 계속 잡다가 그만 불을 내고 말았다. 가내공업으로 원단이 쌓여 있던 방이었다. 그 원단에 불이 옮겨붙어 넷이서 불은 껐는데 원단 더미가 쓸 수 없게 되어버렸다. 너무 놀라서 창백한 동생들을 나무랄 수도 없었다. 심하게 다치지 않은 것만도 다행이었다.

당시 내 마음속은 심하게 흔들리기도 했다. 맏며느리로 살아야 하는 책임감이 늘 버거웠다. 변변찮은 살림살이가 불이 나서 다 버려야 하니 큰 걱정을 했다. 그 순간 친정아버지에게 맡겨둔 비상금 생각이 불현듯 떠올랐다. 아무도 모르게 시골 아버지께 전화를 드렸다. 이틀 후 아버지는 큰 황소 한 마리 판 돈을 첫차로 오셔서 가져다주시고 바로 가셨다. 맡겨둔 돈보다 훨씬 큰 금액을 바로 주셨지만 내 부모에게는 당연하게 받았다. 그 큰돈으로 원단을 큰 트럭으로 사 올 수 있었다. 아버지가 주신 큰 사랑으로 다시 살림을 일으켜 세울 수 있게 되었다. 오랜 세월 잊고 살았는데 왜 이제야 생각이 날까? 만날 수도 없는 멀고 먼 하늘에 계시는데 말이다.

불이 난 뒤 집을 비울 땐 전 가족이 같이 갔다. 심지어 친정에 갈 때도 다 같이 가곤 했다. 우리 가족이 가면 친정부모님은 음식을 많이 준비해 주셨다. 지금 생각해 보면 참 부모님을 힘들게 한 딸이었다. 팔 남매의 맏며느리 책임을 결국 부모님도 함께 감당

하신 셈이다. 그래도 불이 나고 난 후 감당을 못 할 정도로 일이 바빴다. 3년 가까이 일이 많아 직원도 늘었고 일 속에 푹 파묻혀 살았다. 봉제 종류 일은 해본 적이 없으니 도울 수도 없었다. 그냥 세 끼 식사를 열심히 해서 조금이라도 보탬이 되고 싶었다.

둘째 아이가 태어나고 2달 후 대식구가 살면서 공장을 운영할 만한 집을 구할 수 없었다. 궁여지책으로 집을 마련했다. 한옥 전체를 공장으로 개조했다. 겨우 방 두 개만 쓰도록 하고 나머지는 다 일할 공간으로 사용했다. 한창 일에 탄력이 붙고 경제적으로 자리를 잡아가고 있던 날이었다. 공장 중앙에 연탄난로를 직원이 갈고 있는데 불이 발갛게 붙은 연탄 장이 겹쳐 떨어지는 바람에 또 불이 나고 말았다. 직원들이 큰 원단으로 덮어 끄려고 했지만, 더 크게 번졌다. 공장 식구 전체가 우왕좌왕 설쳤지만, 불길은 점점 거세졌다. 그 순간 결혼 때 엄마가 만들어주신 솜이불을 꺼내서 풍덩풍덩 물을 적신 후 내가 불을 덮쳤다. 불은 기세가 꺾이고 하얀 연기를 내며 꺼지기 시작했다. 그 실크 꽃 이불은 시꺼멓게 타고 내 몰골도 형편없이 망가졌지만 그 와중에도 모두 웃고 있었다.

그 후로 우리는 재난에 철저하게 준비하게 되었다. 언제나 소화기를 준비해 둔다. 우리 집안은 불 이야기만 나오면 그 사건을 얘기한다. 이 세상 공짜는 없다. 경험 덕분에 더 세밀하게 대비해서 걱정을 줄일 수 있었다. 어렸던 시동생들도 철저하게 보험을 비롯한 재난과 건강에 대한 대비를 잘하고 있다. 지난해 아파트에 누수가 발생했을 때도 준비해 둔 보험이 큰 도움이 되었다. 우리 인간은 뒤돌아 다시 점검할 수 있어서 다행이다. 지금은 시스템적으로 대비만 잘해 놓으면 큰 걱정은 줄일 수 있다.

올해는 산불이나 화재가 역대 최다라고 한다. 대부분 부주의나 철저히 대비하지 않아서 발생한 인재다. 울진의 큰불도 지나가는 차량에서 버린 담뱃불일 가능성이 크고, 강릉 옥계의 산불도 토치(캠핑 때 불을 쉽게 붙이는 도구)로 낸 불이라고 한다. 그 지역 주민들의 생계 수단인 송이버섯은 이제 살아있는 동안은 어렵다고 한다. 소나무와 송이는 공생관계라고 한다. 송이버섯 균은 불에 약해서 불이 스쳐만 가도 다 망가진다고 한다. 또한 소나무도 송이가 있으므로 더 싱싱하게 자랄 수 있다고 한다. 대대로 아이들을 키우고 교육하고 생활을 영위할 수 있었던 자원이 일순간에 재가 되어 버렸으니 그분들의 잃어버린 수많은 것들을 누가 보상할 수 있을까?

노부부의 멍한 눈엔 눈물만이 흘러내린다. 소 우리에 소는 등에 난 털이 새까맣게 타 있다. 우리의 허파 역할을 해주는 산천은 숯덩이가 되었다. 우리 민족은 어려울 때 강했다. 지금 전국의 많은 사람들이 몸과 마음으로 돕고 있다. 봄가뭄을 해소하는 이 비가 단비가 되어 검은 산하를 골고루 씻어주기를 바란다.

꽃 마중

4월이다. 파란 하늘에 목화솜을 풀어놓은 듯 순하게 맑은 날이다. 친구 딸 결혼식에 갔다가 대구 신천의 아름다운 벚꽃을 따라 앞산까지 오게 되었다. 먹거리 골목을 따라 끝없이 핀 벚꽃을 보기 위해 많은 인파가 몰렸다. 꽃길 속에 자신을 담기 위해 잠깐 빈 거리에 뛰어들기도 한다. 우린 용기가 나지 않아 바라보기만 했다. 개와 고양이들을 데리고 산책 나온 사람들도 꽤 있다.

인파 속에서 60년대 엄마가 말없이 나를 본다. 색이 바랜 검정 통치마에 흰 저고리를 입었다. 해마다 봄이면 시골 동네 부녀회에서 화전놀이와 꽃놀이를 하러 간다. 당시 엄마는 150호가 넘는 우리 동네에서 젊은 부녀회장이었다. 앞, 뒷집 아주머니들이 같이 도왔다. 안동하회마을로 놀러 갔던 엄마가 뜻밖의 소식을 가져왔다. 꿈같은 만남이었다. 아버지는 한동안 아무런 말도 하지 않으셨다. 6. 25 때 잃어버린 아버지의 하나밖에 없는 여동생일 것 같은 사람을 만났다는 것이다. 할머니는 막냇삼촌을 출산하고 산후병으로 일찍 돌아가셨다. 할아버지도 고통과 슬픔을 견딜 길이 없어 3년도 안 되어 돌아가셨다. 아버지에겐 여동생과 남동생이 셋이었다. 여동생을 잃어버려 평생 한으로 남아있었다. 엄마는 아버지로부터 여동생에 대한 얘기를 많이 들었다. 화전놀이에 갔을 때 예천에서 오신 부녀회장과 서로 소개했다. 이름이 늘 듣던 고모와 같아서 엄마는 주소와 이름을 적어 오게 되었다.

아버지는 며칠 후 삼촌들에게 연락해서 그곳으로 갔다. 아버지와 삼촌들은 확인하지 않아도 바로 알 수 있었다. 다행히 부잣집에서 잘 키워주시고 교육도 받게 해 그 집 아들과 혼인하게 되었다고 했다. 아버지는 여동생에게 친정이 반듯하게 있다는 것을 알리고 싶어 했다. 엄마는 고모에게 결혼식 때처럼 혼례복과 혼수 이불 선물, 음식 등으로 예를 갖추고 함 가는 것처럼 준비했다. 막냇삼촌이 포드차가 있었는데 거기에 싣고 4형제가 고모 댁으로 갔다. 그 후로 고모와 고모부는 우리 집에 가끔 오시고 고종사촌들도 오고 가게 되었다. 우리 집에서 그날의 기쁨을 나누기 위해 온 가족이 모였는데 잔칫집이 되었다. 고모님과의 만남으로 부모님 부부의 정이 더 단단하게 된 것 같았다.

부모님의 서로 아끼는 표현은 같았다. 아버지는 남동생들에게 배우자는 너희들 엄마 같으면 더 바랄 것이 없겠다. 엄마는 네 아버지처럼 용기가 있고, 성실한 사람이면 좋겠다고 하셨다. 그 마음이 그 시대의 속 깊은 사랑이었다는 것을 부모님의 세월을 살아가는 이제야 하얀 그림자가 된다.

봄에 잠시 피는 벚꽃이지만 이 짧은 순간을 위해 엄동설한을 다 이겨내고 살아있음을 과시하듯 꽃망울을 터뜨린다. 꽃비가 아름다운 하얀 길을 걷는다. 길 가에 빨간 우체통, 카페의 진한 커피 향이 추억을 소환해 준다. 연한 저녁놀이 가슴을 데운다.

매리드 업married up

　　뉴스에서 눈길을 끈 조크. 미국 대통령 조 바이든을 마중 나온 대한민국 대통령 윤석열, 첫 일정으로 삼성전자 평택 캠퍼스를 소개한 이재용 부회장이다. 만찬에서 만난 대통령 부부에게 미국대통령이 "We Married up."이라고 말했다. 큰일의 시작은 친근한 유머 한마디였다고 생각해 본다. 나는 남들과 다른 길을 걸었다. 인연을 멀리서 만나게 되었다.

　　맏며느리로 살아온 세월 속에 내 마음이 굳어졌을까. 언젠가부터 딸은 나와 다른 삶을 꿈꿔왔는지도 모른다. 대식구를 갖게 된 날부터 하나하나 씨줄 날줄을 엮어내며 순탄치 않은 시간 속에 놓이게 되었다. 요즈음과 달리 43년 전의 부모님은 결혼하면 시집 쪽의 귀신이 되어야만 한다고 했다. 어떤 어려움이라도 견디고 버티더라도 바르게 삶을 유지해야 했다. 나의 한계가 느껴질 때마다 딸의 앞날에 대한 남과 다른 생각이 뿌리 깊게 자리 잡왔다.

겉으로는 내색하지 않아서 아무도 나의 속마음을 몰랐다. 그런데 아이가 자랄수록 내 아이에게는 가족의 책임을 지지 않도록 해주고 싶었다. 지구 그 어떤 곳이라도 홀가분하게 살 수 있다면 지원해 주기 위한 마음을 갖추었다. 나는 일찍이 컴퓨터와 영어를 공부했다. 마침 아이도 영어는 체계적으로 공부했고 또 뛰어나게 잘했다. 그러면서 해외여행을 두려워하지 않게 되었다. 나와 다른 생각을 가진 아이의 꿈이 나의 희망이 되는 듯했다.

형제들이 다 결혼한 후 어느덧 내 아이의 결혼을 생각하게 되었다. 자연스럽게 아이는 미국인 남자친구와 결혼하고 싶다고 했다. 그때부터 남편의 극심한 반대에 부딪혔다. 내가 공부한 컴퓨터와 영어도 원망의 대상이 되었다. 엄마의 불필요한 학구열이 딸에게 외국도 내 집처럼 드나드는 성향으로 만들었다는 것이다. 나는 가정의 평화를 위해 자세를 확 낮추었다. 같이 지켜보면서 장단점을 잘 살펴서 단점이 많으면 적극적으로 딸을 설득할 것을 다짐했다. 일 년을 두고 살펴본 후 아이의 장래를 판단해 보자고 했다. 쉽진 않았지만 나는 아이들이 있는 서울로 자주 들락거렸다. 목적은 아이를 점검한다는 조건으로 갔다. 만나고 올 때는 노트에 살펴본 아이의 생각과 태도를 적어와서 보고했다. 표현이 부족한 남편은 내가 적어놓은 여러 권의 노트를 본 후 겨우 결혼을 승낙했다. 그러나 허락만 했을 뿐 정을 주려고 하지 않았다. 주말마다 아이들은 아빠와 시간을 가져서 좀 더 가까워지고 싶어

했지만, 번번이 해외로 배낭여행을 떠나곤 했다. 결국 감정은 전달되는가 보다.

결혼 후 3년이 지나 미국으로 가게 되었다. 출국하기 전 3개월 동안 같이 살아볼 기회가 되었다. 우리 집에 화장실 환풍기가 고장이 났다. 퇴근 후 집에 갔을 때 환풍기를 사서 고쳐보겠다고 덩치 큰 사위가 땀을 뻘뻘 흘리고 있었다. 그 모습을 본 순간 남편이 어쩐 일인지 옷을 갈아입고 둘이서 한참을 지나 어찌어찌하다가 고쳤다. 그날 밤 둘이 가서 양주와 와인을 상자 가득 사 왔다. 아이들과 그 밤을 다 지새우도록 술을 마시게 되었다. 같이 하고 싶었던 말을 여과 없이 다 토해내듯 했다. 갑자기 남편이 사위에게 사과하게 되었고 사위는 펑펑 울면서 아버지를 업고 난 후 고맙다고 큰절을 올렸다. 그 밤이 지나고 둘 사이는 생각지도 못하게 바뀌었다. 아이들과 여행도 생활도 편해졌다.

그러다가 아이들은 영영 미국으로 떠나게 되었다. 보내고 일 년 후엔 둘째 손자 출산을 돕기 위해 혼자 갔었다. 남편은 내가 편안한 마음으로 준비해 갈 수 있게 해주었다. 사위는 한국의 아빠들은 대부분 사위를 마음에 들어 하지 않는다는 데이터를 보여주었다. 그러면서 남편을 딸을 많이 사랑하는 아빠로 이해해 주었다. 그 후 우리를 초대해 주었다. 한 달 동안 아이들과 지내면서 미국에는 "아내를 행복하게 만들어야 행복한 결혼 생활을 할 수 있다"는 속담이 있다고 말했다. 사위는 아버지를 꼭 안으면서 "We Married up.(우리 장가 잘 갔어요.)"이라고 말했다.

낙조落照

　　지난주 다녀온 사문진을 다시 가게 되었다. 이번에는 낙조를 보고 싶었다. 사문진의 낙조는 강변에서 볼 수 있는 이점이 있다. 사방이 탁 트인 강가에서 떨어지는 해를 출렁이는 물과 함께 통째로 느낄 수가 있다.

　아직 5월이라 나루터는 연두에서 녹색으로 변신 중이다. 나는 특히 이 밝음의 절정에 가슴이 설렌다. 걸어서 한 바퀴 돌았을 때와 전동차를 타고 돌 때는 풍광이 또 다르다. 작은 동물원이 없어서 아쉬웠는데 이번에 와 보니 언덕에 그대로 있었다.

　아카시아 꽃잎도 바람에 흔들릴 때마다 향기를 뿜어냈다. 갖가지 꽃들은 서로 앞다투며 향기와 아름다움으로 교태를 부린다. 꽃 중에 으뜸인 작약이 눈에 훅 들어온다. 작약의 향기는 내 어린 시절 우리 집의 향이다. 우리 고장에는 작약과 목단을 심어서 뿌리를 말려 약재로 파는 집들이 많았다. 작약과 목단 향은 은근해서 멀리서도 저절로 발길을 옮기게 만든다. 고급스러운 색깔도 융단 같은 감촉도 기억 속에 부드럽게 닿는다.

사문진은 피아노가 처음 들어온 곳이라 조형물이 대부분 피아노를 상징하고 있다. 계단을 오르는 곳을 밟으면 피아노 소리가 난다. 어린 시절 피아노 치는 친구가 너무 부러워 언젠가 배우리라 마음에 두고 있었다.

직장에 들어가 자립하고부터 처음 시작한 취미가 피아노 레슨이었다. 퇴근길에 교육을 받았지만 겨우 체르니 30번을 마치고 지속하지 못한 채 결혼하게 되었다. 지금까지 까맣게 잊고 살았는데 사문진에 오니 아쉬웠던 기억이 머리를 스친다.

오늘은 온전히 하루를 사문진에서 어슬렁거리기로 한다. 덱을 따라 생태박물관까지 갔다. 날씨가 흐리니 하늘에 구름은 시시때때로 변한다. 낙조를 볼 수 있으려나? 가끔 푸른 하늘이 언뜻언뜻 살아나 낙조를 기대해 본다. 유람선을 타고 주변을 둘러보는데 유채꽃과 바위, 흙이 버텨낸 시간이 켜켜이 쌓여 마치 아름다운 조각품처럼 보인다. 틈새마다 야생화들이 앙증맞게 피어 바람과 더불어 춤을 춘다. 낙동강 물은 바람과 가끔 나온 햇빛에 은빛 보석이 하늘에서 줄줄이 흘러내리는 듯하다. 강 옆에 서걱대는 갈대밭도, 강기슭의 바위와 야생화도 아름답다.

겹친 산 풍경 사이로 불이 난 것 같은 해넘이가 시작된다. 어린 시절 내 아버지가 보인다. 건설업을 하시던 아버지의 현장에서 인사 사고가 났다. 보험이 부실하던 시절이었다. 아버지는 일등

호답을 거의 팔아서 사고를 해결했다. 키우던 돼지까지 팔아서 아버지가 동생처럼 아끼던 기술자 가족이 살아갈 수 있도록 배려했다. 사업은 부도를 맞게 되었다.

어느 날 아버지는 저녁때가 늦었는데도 돌아오시지 않았다. 나는 엄마와 마을 뒤편 우리 과수원 쪽으로 갔다. 삼한시대 부족 국가였던 조문국 시대의 경덕왕릉과 이름 모를 왕릉들이 흩어져 있는 곳이다. 그곳에 아버지의 모습이 보였다. 우리는 큰 소리로 아버지를 불렀다.

아버지는 두 팔을 벌려 환한 얼굴로 나를 안았다. 등 뒤로 해가 넘어가고 있었다. 나는 아버지의 무거운 어깨를 느꼈다. 기울어진 가세를 짊어지고 온 힘을 다해 일어서려고 하는 가장의 고뇌를 읽을 수 있었다. 나는 아버지에게 상업고등학교에 진학해서 졸업 후 가계를 돕겠다고 했다. 용기와 담력이 있는 아버지는 내가 졸업할 무렵에는 어느 정도 회복되었지만 나는 졸업 후 바로 취직했다. 아버지는 그런 나를 늘 짠하게 생각했다. 나는 객지에서 생활하는 동안 낙조를 볼 때마다 아버지를 생각했다. 해를 등지고 두 팔을 벌리며 환하게 웃던 아버지. 그 모습은 나를 끝없이 응원하고 격려했다.

오늘 사문진은 날씨가 흐리다. 산 너머로 불덩어리 같은 해넘이가 보이는 듯하더니 이내 구름 속으로 사라져 버린다. 아쉽지만 이 또한 낙조의 다른 모습이리라. 해를 등지고 두 팔을 벌리고 선 내 아버지처럼. 나는 선 채로 아버지를 향해 고개를 숙였다.

제2부

노숙자와 와인

오늘도 그때처럼 비가 내린다.
그도 나도 상처투성이의 긴 터널을 빠져나온 지금,
인생의 고비 고비를 생각하며 적포도주 한 잔 따른다.
부디 이제 더 이상의 고통과 슬픔이 없기를 기원하며
행여 그가 오려나 바깥을 내다본다.

누름돌

　　　　　연녹색 숲길을 걷는다. 솔숲 사이로 산바람이
살갗에 스치듯 지나간다. 동네 산이라 인근 주민들이 가족끼리
산책 나온 듯하다. 나는 늘 혼자 걷는다. 시간을 남편과 조율해서
쓰다 보니 어디든 혼자 가는 일이 많다. 앞서 할머니 한 분이 혼
자 오르고 있다. 노인의 모습 같지 않았다. 발걸음이 가볍고 차림
이 예쁜 할머니다.
　　한참을 걸어 오르니 포르르 참새도 인사하듯 솔가지에 앉는
다. 다람쥐도 내 곁을 맴돈다. 천천히 둘레길을 걷다 보니 산 중
턱에 돌 두 개가 마주하고 있다. 할머니가 나에게 앉으라는 듯 손
을 들어 오라는 표시를 한다. 그냥 마주 앉아 갖고 간 방울토마토
를 드렸다. 할머니가 먼저 얘기를 한다. 산에 오른 세월이 반백
년이 넘었다고 한다. 열여덟 살에 종갓집 맏며느리가 되었다는
할머니가 살아온 얘기를 하기 시작했다. 목소리도 부드럽고 눈매

도 맑게 빛나 보인다. 처음에 시집살이가 힘이 들 때 시어머니의 배려로 앞산에 셀 수 없이 많이 오르내렸다고 했다. 앞산은 할머니에게 누름돌 같은 산이라고 했다. 종갓집의 체면과 예절을 지킬 수 있었던 것은 산속의 재잘거리는 새와 다람쥐가 다 삭히는 재료가 되었기 때문이라고 했다.

　나도 팔 남매 맏이로 아무것도 모르고 한 사람만 믿고 결혼했다. 결혼을 약속할 때 서약했다. 다른 가족들이 나를 힘들게 해도 남편만은 언제나 나의 편이 되어 달라는 한 가지 약속만 했다. 몇 년도 지나지 않아 시아버님과 시어머님의 병환은 나를 시험에라도 들게 하는 듯했다. 경제적 어려움과 정신적인 괴로움은 점점 심해져 갔다. 동생들의 결혼과 더불어 일과 책임은 끝없이 늘어만 갔다. 남편이 명절 후 친정에 미리 전화를 해두고 호텔을 예약해 두었다. 시부모님께는 처가에 간다고 말해둔 상태였다. 그런데 뜻밖의 일이 생기고 말았다. 친정엄마가 대답은 잘하시고 생각은 다르게 우리를 기다리고 있었다. 기다리다 기다리다 어머님께 전화하는 상황이 생겼다. 일은 복잡하게 되었지만, 하루를 쉬게 해주려는 남편의 배려였다. 우리는 하루를 마음속 깊은 얘기를 나누었다. 남편이 나에게 말했다. "어떤 사람을 만나도 행복할 수 있는 사람이다. 내가 못 챙기는 일이 없게 알려달라. 끝까지 함께 가자!"

　가족회의를 해서 시동생과 시누이도 의견을 남겼다. 서로 할 수 있는 일을 찾아서 하니 복잡한 가운데서도 쉽게 할 방법이 나왔다. 아이들이 어느 정도 컸을 때 글을 쓰리라 마음을 두었다. 우리 형편에는 과했지만 이조가구 선비상을 장만했다. 그게 바로 나에겐 마음을 주저앉히는 누름돌이 되었다.

가계부도 꼭 그 상에서 쓰고 일기도 그렇게 썼다. 삶을 얘기하듯이 매일매일 기록했다. 신기했다. 글쓰기를 계속할수록 시간을 짜임새 있게 쓰는 요령이 생겼다. 힘든 날은 힘든 대로 재미있는 날은 재미있는 대로 나날이 다른 색깔의 이야기가 쌓여갔다. 가끔 내가 쓴 글을 식구들에게 읽어주기도 했다. 생각을 나눔으로 우리 가족들이 변하게 되었다. 자기 행동이 기록에 들어갈 수 있다고 생각했는지 점점 서로 돕기 시작했다. 오랜 세월이 지나니 서로의 특징이 나타나기 시작했다. 서로 하고 싶은 것을 말하고 요구하고 실천하니 많은 가족이 오히려 편리하기까지 했다. 누름돌이 되어준 선비상은 기름칠을 하고 닦고 닦아서 시간의 채색으로 살갑게 변했다.

글쓰기는 나를 철들게 했다. 옆에서 등을 토닥토닥해 주는 부모님도 된다. 어느 날은 하소연처럼 끝없이 내뱉어도 편하다. 내 앞의 시간은 살아온 날들보다 훨씬 짧겠지만 빛나게 쓰고 싶다. 아픔으로 몸부림쳤던 시간도 행복했던 시간도 이제는 다 내 보물이다.

일요일의 단상

　　　　　　　한동안 일요일에 오전 미사 참례를 못 했다.
대신 집 안 정리와 청소를 하고 있다. 이유는 단 한 가지다. 객지
에서 주말에 집에 오는 아들과 점심 식사를 함께하고 싶어서이
다.

　주말이 다가오면 괜히 마음이 바빠진다. 무슨 반찬을 하면 좋
아할까? 어린 시절 좋아하던 돈가스를 해 볼까. 돼지고기에 찹쌀
가루를 얇게 묻혀 살살 턴 다음 계란에 살짝 적셔 빵가루를 입혀
튀겨 낸다. 소스는 토마토케첩에 브로콜리와 과일 몇 가지로 새
콤달콤하게 만든다. 계란찜도 만들고 김치도 새 김치로 예쁜 그
릇에 담는다. 가지와 호박도 길이로 썰어 살짝 굽고 된장도 뚝배
기에 먹음직하게 끓인다. 밥은 현미 찰밥에 검은콩을 넣어 압력
솥에 해둔다.

　토요일 밤 집에 온 아들은 일요일 늦게까지 잠을 잔다. 배도 고

풀 것 같고 나누고 싶은 얘기도 많지만 모처럼의 단잠을 방해하지 않으려고 무작정 기다린다. 바싹바싹하던 돈가스는 식어가고 된장도 데웠다 식었다 해서 졸아들고 있다. 12시가 다 되도록 아들은 일어나지 않는다. 모처럼의 휴일이니 실컷 재우고 싶어서 줄인 불을 다시 끄고 신문을 펼쳐 든다. 드디어 아들 방 방문이 큰 소리를 내며 열린다. 시계를 본 아들은 황급히 목욕탕으로 향한다.

나는 다시 가스 불을 켠다. 그러나 부질없는 짓이다. 샤워하고 나온 아들은 시간 없다면서 빈속으로 쌩하니 인사만 남기고 나가 버린다. 가슴에 찬바람이 인다. 무심한 놈 같으니, 한술 뜨고 가면 좋으련만. 다시는 아침 미사까지 포기해 가며 네놈에게 신경 쓰지 말아야지 다짐한다. 그러나 그 다짐은 하루를 못 넘긴다. 아들의 '죄송하다'는 전화를 받으면 서운했던 마음은 눈 녹듯이 사라진다. 이번 주에는 웬일인지 아들이 일찌감치 일어났다. 별다른 반찬도 없었는데 밥 한 그릇을 맛있게 먹어 치우더니 "집밥이 역시 제일입니다." 하며 엄지손가락을 치켜 보인다. 순간 나는 아들 바보가 된다. 참으로 묘한 조화다.

지난 주말에는 딸아이 가족이 미국으로 떠났다. 가기 전 2주일을 함께 보냈다. 어릴 때부터 좋아했던 음식을 꼼꼼하게 메모해 가며 만들어서 먹였다. 북어구이, 더덕구이, 시래기 무침, 장어구이, 닭간장조림, 북어 껍데기 조림 등 날마다 새로운 메뉴를 대령했다. 멀리 떠날 아이라서 남편과 정성껏 준비했다. 손자가 먹을 이유식까지 둘이서 준비했다. 아들도 누나와의 시간을 위해 3일 휴가를 냈다. 밤늦도록 온 가족이 맥주를 마시며 오붓하게 시간을 보냈다. 자연스럽게 일하는 엄마에 대한 에피소드가 나왔다. 살림과 일을 병행해야 하는 엄마를 둔 자식들의 애환이라고 할까. 지금처럼 엄마들이 밖에서 일하는 경우가 많지 않을 때였으니 어려운 점도 많았으리라.

두 아이가 똑같이 하는 말이 친구들이 우리 집에 오면 좀 이상하다고 얘기했다고 한다. 학교에서 돌아오면 엄마 대신 식당처럼 전자 밥통에 1인분씩 넣어둔 밥을 두고 한 말이었다. 저희끼리 꺼내 먹을 때는 우리 모두 천 원씩 내야 하는 것 아니냐며 재미있어 했다고도 한다. 엄마가 집에 없어 불편하고 서운했던 점을 우회적으로 표현한 얘기였으리라.

나 또한 마음 상한 일이 왜 없었으랴. 딸이 결혼한 첫 추석 전날이었다. 아침 일찍 딸에게서 전화가 왔다. 오늘 우리 내려가는데 엄마가 좀 일찍 가게에서 오면 안 되냐고 한다. 내가 운영하는 정관장 매장은 명절이 되면 특수기라 눈코 뜰 새 없이 바쁘다. 누구보다 나의 사정을 이해하고 도와야 할 가족이 제 입장만 내세우는 것이 화가 나고 얄미웠다. 어이없다는 생각마저 들었다. 그럴 수 없다고, 다음 날 오라고 대답했다. 엄마가 가게를 그만둘 때까지는 명절에 오지 말았으면 좋겠다고 말했다. 집과 가게를 개미 쳇바퀴 돌듯이 하는 엄마를 이해 못 하는 딸이 한없이 야속했다.

다음 날 아침 싱크대 앞에 서 있는데 딸이 나를 안으며 등 뒤에 얼굴을 묻었다. "엄마 죄송해요. 다음에 올 때는 제가 준비해서 올게요." 한다. 어렸을 때부터 엄마를 도우며 독립적으로 자란 딸인데 내가 너무 심하게 몰아붙인 건 아닌가 하여 가슴이 짠했다. 그 일 이후 딸은 집에 올 때마다 반찬과 과일에 커피까지 준비해서 왔다. 사위도 시간적으로 여유롭고 바깥 음식을 먹지 않아서 좋다고 했다. 나의 말을 고깝게 듣지 않고 지혜롭게 듣고 실천해 줘서 고마웠다. 더러는 소백산과 대둔산 중간쯤에서 인터넷으로 맛집을 미리 예약해서 가벼운 산행도 하고 식사 후 각자 서울과 대구로 돌아오기도 했다.

자식들을 모두 품에서 떠나보낸 엄마는 이제 책장 정리를 시작한다. 책을 다 끄집어내어 자리를 좀 옮길까 싶어 이리저리 끌고 다니다가 결국 제자리에 다시 꽂는다. 정리하다가 딸아이의 그림 일기장이 나왔다. 초등학교 1학년 여름방학 때 그린 것이다. 첫 장을 펼쳤다. 엄마인 내가 험악한 얼굴로 빗자루를 들고 있는데 어린 딸아이는 꿇어앉아 두 손을 모으고 빌고 있는 모습이다. 방학 첫날 친구들과 숙제도 잊고 온종일 놀다 돌아와 엄마에게 빗자루로 맞았다고 적혀 있다.

웃음이 나왔다. 이런 날도 있었구나! 또 다른 대학 노트가 나왔다. 신혼 시절의 가계부인데 줄을 그어서 한 달 수입과 지출이 빼곡히 적혀 있다. 가족들의 귀가 시간도 적혀 있고 드문드문 내가 쓴 일기도 있다. 행복과 걱정이 교차하는 어느 늦가을의 일기다.

두 아이가 웅변과 동화구연에서 상을 타 백화점에서 선물을 사주고 있는데 시골에서 전화가 왔다. 어머님이 고열로 위험하다는 전화였다. 농촌에서 가을걷이할 때 들쥐가 옮긴다는 유행성 출혈열로 큰 병원으로 급히 옮겨야 한다는 연락이었다. 일기 끝에 "내 평화는 왜 이리도 끝까지 가질 못하는지 알 수가 없다."고 쓰여 있다. 세월이 많이 흘렀다. 지금의 이 행복은 얼마나 나에게 머물러 줄 수 있을까?

책장 안의 책들이 반들반들하게 윤이 난다. 나의 추억들도 가지런히 남아 살아서 숨을 쉬는 듯하다. 가족들의 역사가 책갈피마다 숨 쉬고 있다. 오늘이 다음의 추억이 될 때는 좀 더 성숙한 모습으로 내 가슴에 남아 있었으면 좋겠다. 창밖에는 봄을 재촉하는 겨울비가 소리 없이 촉촉이 내리고 있다.

5분의 기적

    독서 여행은 설렘이다. 일 년에 두 번씩 수녀님과 독서회원들의 여행 날이다. 이번 여행지는 서울이다. 최종태 교수님의 『산다는 것, 그린다는 것』을 읽고 책에 나오는 곳곳을 돌아보기로 한 여행이다. 우선 작가가 조각한 모든 조각상을 좀 더 상세하게 느끼기 위해 작가의 작품을 전시한 전시실에서 직접 만나기로 일정을 잡아놓고 출발하는 길이다. 수녀님과 함께하는 포럼이라 다양한 수녀님들의 전공을 접해볼 수 있어 무엇보다 신선한 경험을 한다. 도착지인 바오로딸 출판사에서는 책이 출판되는 전 과정과 CD 제작과정을 둘러보고 직접 짧은 방송의 기회도 가져보기로 했다.

    고속철 KTX 7시 31분 열차표 6장을 지도 수녀님이 예약해 두셨다. 일정을 문자로 주고받으며 꼼꼼히 점검하는 일까지 해두었다. 출판사 차량으로 운전까지 맡아서 씩씩하게 하는 분이다. 나는 예정 시간보다 일찍 준비해서 기다리는 편이다. 그런데 아파트 엘리베이터 앞에 서니 빗소리가 요란하다. 다시 우산을 준비하고 옷도 바꿔 입고 출발한다.

서둘렀지만 택시도 안 잡히고 또 지하철도 바로 출발해 버렸다. 아무리 서둘러도 늦을 것만 같았다. 이 얼마나 기다리고 기대했던 여행인데 어떻게 해야 하나? 안 되겠다, 회원들에게 전화부터 했다. 혹시 도착이 늦으면 먼저 출발하라고. 그럼 뒤차를 이용해서 바로 전시장으로 가겠다고 했다. 지하철 안에서 마음이 앞서 달린다. 지하철이 동대구역에 도착하는 예상 시간이 열차 출발 시간과 거의 일치한다. 갑자기 핸드폰이 울린다. 회원의 목소리다. 열차가 5분 지연된다는 방송을 하고 있다고 한다.

하늘이 날 돕는다. 이 말밖에는 그 어떤 말도 떠오르지 않는다. 부산에서 출발하는 이른 새벽 열차도 연착할 수도 있구나. 쫓기는 꿈을 꾸다가 깨어났을 때처럼 다행스럽다. 지하철에서 내려서 걸음아 날 살려라는 듯 달렸다. 겨우 숨을 헐떡이며 열차에 발을 올렸다. 곧바로 열차는 출발했다. 일행들이 환호성을 하는 통에 열차 안의 모든 승객이 나를 일제히 쳐다봤다. 나는 부끄럽고 죄송해서 연신 인사를 했다. 그 순간 아이가 어려운 시험에 합격했을 때처럼 기뻤다. 만남은 축복이다. 우리의 기도가 바로 우리를 도왔다고 서로가 기쁨을 감추지 못했다. 난 일행들에게 걱정을 끼친 것이 죄송해서 앉자마자 준비한 것을 꺼내 놓았다. 좌석은 6명이 마주 보게 되어 있어서 더욱더 좋았다. 모두가 준비한 갖가지 정성스러운 간식들이 또 한 번 즐거움을 준다. 약밥, 직접 만든 감자 스낵, 사과, 오미자차, 군고구마, 귤, 단감, 커피 등 하루를 함께할 음식 친구들이다. 올해로 6년째 독서 여행이다.

어떻게 이렇게 마음이 통하는 사람들만 모였을까. 서로에게 감사했다. 다음 여행은 1박 2일로 하자고 의견 일치를 보았다. 어느새 도착 시간이다. 출판사에 도착해서 원장 수녀님의 안내로 다 둘러본다. 수녀원 안에 있는 아름다운 정원에서 기념 촬영도 하고 출판과정을 일일이 다 살펴보니 책이 만들어지기까지의 수고로움이 느껴져 글을 더 정성스럽게 써야겠다는 책임감까지 든다. 영상강좌 하는 방송실에서 체험의 기회도 얻게 되었다.

다음 코스는 수녀원에서 제공하는 봉고 버스로 에반젤리나 수녀님이 운전했다. 서울 지리에 밝으신 분이라 시간 관리를 철저하게 했다. 조각 전시회가 열리는 곳에 도착했다. 평창동 아트센터다. 미리 연락해 둔 최 교수님이 우리 일행을 위해 다과까지 준비해 두고 기다렸다.

책을 읽으며 토착화된 신앙과 예술의 외길을 걸어온 한 장인의 진실함을 만날 수 있었다. 팔순의 원로 조각가 최종태 교수님의 조각은 바로 당신 자신이었다. 석굴암의 '십일면관음상'과 '금동미륵반가상'이 선생님이 추구하는 미美의 전형이라고 했다. 두 작품을 찾아 그 안에 담긴 아름다움을 음미하며 그 얼굴에 머금은 미소가 이해되었다.

나는 지금 싸우고 있다.

전에는 살아지기 위해 싸웠는데,

지금은 흘러간 어린 날을 되찾기 위해 싸운다.

이겨야지, 그리하여 어린 날로 돌아가야지,

영원히 변함없는 무구한 날로 돌아가야지.

이 풍진 세상을 건너 아름다운 나라, 찬란한 생명의 나라로 가야지.

- 『산다는 것, 그린다는 것』 중에서

다음은 길상사로 향했다. 가는 길의 고목들도, 도심에 아름다운 고찰이 있는 것도 모두 신기했다. '금동미륵반가상'을 직접 보니 참으로 그 모습이 특별했다. 조각이 참 다정한 미소를 머금고 있었다. 성북구의 법정스님이 계셨던 곳으로만 알았다.

이 절은 대원각이란 요정의 주인이었던 고덕주 김영한(불명 吉祥華)이 법정 스님의 책을 읽고 감명받아 죽기 전에 기증하여 절로 탈바꿈한 곳이라고 했다. 요정 터 7,000여 평과 40여 채의 건물을 1987년에 처음 시주하겠다고 했으나 사양하였고, 거듭된 요청이 1995년 받아들여져 길상사로 탈바꿈하였다. 이때 김영한은 '吉祥華'란 불명을 받았다고 한다. 평생 백석을 그리워했던 김영한이 길상사에서 생을 마감하였는데, 죽기 전날 그녀는 목욕 재계한 후 절에 참배하고는 하룻밤을 길상헌에서 보내고 생을 마감했다고 한다. '눈 많이 내리는 날 뿌려 달라'는 그녀의 유언대로 백석의 시처럼 눈이 내리는 날 길상사에 골고루 뿌려져 따로 무덤이 없단다.

　마지막 열차를 기다리는 우리는 누런 가을 들녘을 볼 때처럼 풍요로운 하루가 되었다.

노숙자와 와인

　　비가 억수같이 내리는 한여름이었다. 홍삼 매장을 오픈한 지 6개월쯤으로 기억되는 날이다. 찜질방 1층에 자리 잡고 있는 가게에는 노숙자들이 수시로 제집 삼아 들락거렸다. 출근해서 청소 끝내고 나를 위한 기도랄까 뭐 그런 것을 좀 할라치면 문제의 그 사람들이 샘플을 달라, 소주 살 돈을 달라며 마치 맡겨두기라도 한 것처럼 요구했다. 웬만하면 무서워서도 주고 불쌍해서도 줘 보내곤 했다.

　　당시 나는 세 번째 척추 수술을 한 지 1년이 지나지 않아서 늘 서 있거나 가벼운 운동을 해야만 하루를 지낼 수 있었다. 남편은 여자 혼자서 매장을 운영하는 일이라 걱정이 많았다. 화장실 갈 땐 문을 꼭 잠그고 가라고 했지만, 나는 잠그는 것이 더 두려웠다. 그날도 화장실에서 돌아오니 매장 안에 오십 대로 보이는 한 노숙자가 들어와 있었다. 군용 야전잠바에 수염은 언제부터 길렀는지 가늠이 되지 않았다. 배낭이 큼지막한 것으로 보아 노숙을 한 지가 꽤 오래된 것 같았다. 빗물이 발자국을 따라 줄줄 흘러내리고 있었다.

"소줏값 2,000원만 주시오."

기어 들어가는 목소리로 그가 말했다. 나는 왠지 두렵지 않았다. 지갑에서 3,000원을 꺼내 주었다.

"소주 말고 라면이라도 사서 드세요."

그는 깊숙이 고개를 숙여 보이고는 매장을 나가려고 했다.

"잠깐만요, 아저씨!"

내가 불러 세웠다.

"3,000원어치만 놀다 가세요."

그제야 그는 놀란 표정으로 내 얼굴을 바로 바라보았다. 선량한 눈빛이었다.

"이런 꼴로 깨끗한 곳에 앉아도 되겠습니까?"

"괜찮아요, 저는 청소가 특기라서 아무리 지저분해도 후딱이랍니다. 이쪽으로 앉으세요."

나는 우선 따뜻한 홍삼차 한 잔을 내놓았다.

"저랑 나이도 비슷하지 싶은데, 오늘 친구처럼 옛이야기 한번 해봅시다. 이렇게 비가 많이 오면 고객도 없답니다."

냉장고에 있는 적포도주를 한 병 꺼냈다. 견과류 남은 것 몇 가지를 안주 삼아 투명 플라스틱 작은 잔으로 몇 잔을 나누어 마셨다. 내가 먼저 지난날 서럽고도 힘들었던 이야기를 시작했다. 밖에서는 장맛비 소리가 들려왔다. 그 사람도 자신의 이야기를 하기 시작했다. 겨우 몇 잔의 적포도주가 그에게 과거를 털어놓게 한 것이었다.

그는 1970년대에 버젓이 대학을 나온 사람이었다. 동급생 여자 친구와의 풋사랑으로 아이를 낳았지만 결혼도 못 한 채 헤어진 것이 실패의 실마리가 되었다. 졸업 후 손대는 일마다 꼬이기만 하고 타락의 길로 접어들어 노숙자 신세에 이르고 말았다. 비는 멈출 기미가 보이지 않는데 매장 안에 어둠이 내려앉기 시작했다.

"우리 간단히 저녁 한 그릇 합시다."

"아닙니다. 초면에 너무 무례했습니다."

그는 벌떡 일어나더니 날 비를 온몸으로 맞으며 매장에서 사라졌다.

2주쯤 지났을까? 여느 때와 같이 문을 잠그지 않고 화장실을 다녀왔다. 탁자 위에 구겨진 과자 속 은박지가 있었다. 버리려고 하다가 무심코 펼쳐보니 깨알 같은 글씨로 이렇게 적혀 있었다.

"사장님, 꼭 건강하셔야 합니다. 이토록 못난 사람을 인간으로 대해 주신 은혜 평생 잊지 않겠습니다. 무슨 일을 해서든지 바른 사람이 되어서 찾아뵙겠습니다. 부디 건강하게 지내십시오."

3년 만에 매장을 확장 이전하게 되었다. 추석 무렵에 맞추어서 오픈을 했다. 손님들이 밀려왔다. 남편까지 동원되어 물건을 포장하고 고객을 맞는 와중에 깔끔하게 차려입은 한 신사가 익숙한 듯 인사를 먼저 한다. 매장에서 가장 비싼 천삼 10지(판매 단위)를 3개씩이나 주문했다. 그 물건은 지금 없고 한 단계 아래 상품인 천삼 15지뿐이라고 했더니 그럼 그걸로 달라고 했다. 고가의 고급상품이라 고객 등록을 요청했다. 그는 나를 정면으로 바라보면서 "기억 안 나십니까?"라고 묻는다. 나는 전혀 기억이 나지 않았으므로 미안한 얼굴로, "죄송합니다. 얼굴은 기억이 나는데 성함을 기억 못 하겠습니다."라며 얼버무렸다.

뜻밖에도 3년 전 그 노숙자라는 것이었다. 내가 처음으로 인간으로 대우해줘서 결심하고 여러 친구를 만났다고 했다. 어떤 친구는 밥 한 그릇 사주면서 오히려 자신의 어려움을 호소했고, 어떤 친구는 돈 좀 주면서 그냥 보내더라고 했다. 또 어떤 친구는 오랜만에 찾아오면 대부분이 다 자네 같은 친구들이네, 하면서 노골적으로 혐오감을 보이더라고 했다. 마지막으로 용기를 내어 한 친구를 찾아갔는데 그 친구는 반갑게 맞이해 주면서 중장비 회사의 상무 자리를 추천해 주었다. 고맙기는 하지만 두려운 마음에 아무 일도 하지 않은 세월이 오래되어 할 수 없을 것 같다며 사양했다. 하지만 그 친구는 자네는 할 수 있다며 적극적으로 권했고, 지금은 그 일을 하고 있다고 했다. 홀로 계신 어머니와 딸도 만났다고 했다. 천삼은 친구와 사장님, 그리고 어머니께 드릴 선물이라고 했다. 나는 기쁜 마음에 이것저것 챙겨 주었다.

그 사람은 지금도 명절이면 종종 매장에 들르곤 한다. 돌이켜 보면 그를 만난 당시 나는 몸과 마음이 지쳐 있을 때였다. 세 번째로 신장암 수술 때 내 몸을 잘못 옮기다가 건강한 척추뼈 4, 5번이 부러져서 '척추 전방 전위증'이란 병으로 발전되었다. 수술 후 앉아있기도 힘든 상황이어서 두 발로 걸어 다니는 사람이면 누구나 부러웠다.

오픈한 가게도 전망이 불투명했다. 날씨가 나쁘거나 운이 안 좋은 날에는 공치기 일쑤였다. 그가 처음 매장을 찾았을 때도 아마 그러했으리라. 실패가 어찌 그만의 전용물이겠는가? 누구나 밟을 수 있는, 지뢰와 같은 것이 아니겠는가.

오늘도 그때처럼 비가 내린다. 그도 나도 상처투성이의 긴 터널을 빠져나온 지금, 인생의 고비 고비를 생각하며 적포도주 한 잔 따른다. 부디 이제 더 이상의 고통과 슬픔이 없기를 기원하며 행여 그가 오려나 바깥을 내다본다.

아니, 사장님이!

　　어느덧 계절은 초겨울, 매장 밖 거리에 뒹구
는 낙엽이 한 해의 마지막을 알리는 듯하다. 12월이 가까워지면
한 해를 뒤돌아보게 된다. 오늘은 아스라한 기억 하나가 되살아
났다. 아마 2009년 여름인 것 같다. 당시, 나는 양산에서 점주를
대상으로 진행했던 추석 특별판매 교육을 듣고 추석 특판에 대한
고민을 많이 하고 있었다. 이런저런 생각 끝에 대구중소기업청
사이트를 검색해 보았다. 어떻게 할까? 시도를 한 번 해볼까? 나
도 할 수 있을까?
　아! 그런데 우리 고장에 이렇게 많은 중소기업이 있는 줄 처음
알게 되었다. 20여 곳을 나름대로 선정해 보았다. 우선 CEO의 기
업 이념과 기업 규모, 사장님의 인사 말씀, 무엇을 만드는지, 사
회공헌도 등을 조사했다. 특히 효율적인 특별판매 유치를 위해
나는 사장님의 개인정보에 집중했다. 며칠 동안 '무엇부터 해야

하나' 막막하고 우울한 생각이 들었지만, 용기를 내보기로 했다.

우선, 편지를 보내기로 했다. 직접 대면하지 않으니 좀 더 쉬울 것 같았다. 다음으로 내 소개와 방문 취지를 구체화해 보기로 했다. 사실 누가 나를 궁금해하지도 않고 더군다나 방문을 거부당할 수도 있다고 생각하니 용기가 나지 않았다. 하지만 '마음을 바꾸자!' 라는 생각이 들었고 '나는 개인이 아니다, 공인이다. 사업을 하고, 아이들의 엄마, 남편의 아내이기 이전에 사회에 나온 사람이고, 나왔으면 보람을 찾고 결과가 있어야 한다. 일단 해보자!' 는 다짐을 했다.

가장 간단하게 우리 매장 소개와 방문 취지, 방문 날짜를 써서 보냈다. 수도 없이 고치고 고쳐서 떨리는 마음으로 최종 선정한 회사 12곳에 보냈다. 정한 날짜에 공단으로 출발하기 며칠 전부터 예행 연습을 했다. 가상 시나리오를 쓰고 면박당할 수도 있다는 각오를 하면서 대처법까지 꼼꼼히 작성하고 나섰다. 잠을 잘 못 이루는 나를 보면서 남편은 건강까지 해칠 수 있다면서 극구 만류했다. 하지만 이왕 마음먹었으니 한 번 해보고 안 되면 포기하기로 약속했다.

정해놓은 날짜에 맞추어서 작은 차에 음료와 선물을 가득 싣고 출발했다. 그날은 날씨까지 연일 기록을 경신할 정도로 무더운 날의 연속이었다. 지역 3공단으로 들어서니 트럭들이 좁은 공단 골목을 가득 채우고 있었다. 운전이 미숙했던 나는, 좁은 골목에서 마주 오는 차를 피해 돌아올 수가 없었다. 나는 부끄러움을 무릅쓰고 차에서 내려 고개를 깊이 숙이고 미숙한 운전 실력으로 비켜드릴 수가 없으니 좀 도와 달라고 정중히 말씀드렸다. 그런데 화를 내거나 짜증을 부릴 줄 알았던 상대방은 "우리 집사람은 아예 못 합니다. 공단에서는 운전하기가 아주 위험합니다."라고 하셨다.

골목 어귀 안전한 장소로 차를 옮겨 주면서 인사까지 정중하게 하셨다. 이분의 따뜻한 말과 행동에 마음의 용기를 얻어 나는 목표를 향해 음료수와 준비해 간 약간의 선물을 안고 몇몇 회사를 방문했다. 아니나 다를까, 방문 거절을 당한 곳이 몇 군데 생겼다. 그러나 다시 용기를 내어 또 다른 회사를 방문했다.

이번에는 전략을 바꿔서 사장님과 선약을 했다며 명함을 건네면서 말했다. 드디어 사장님과 만날 기회를 얻어 두근거리는 마음으로 사장실 문을 열었다. 아! 그런데 들어서는 순간 웃음이 터져 나왔다.

"아니, 사장님이!"

나는 말도 못 하고 폭소를 터트렸다. 아까 골목길에서 내 차를 안전하게 주차해 주던 바로 그분이 이 회사 사장님이셨다. 이 기막힌 인연으로 그 자리에서 쉽게 얘기를 할 수 있었다. 게다가 사장님께서는 초창기에 나와 같은 방법으로 판촉했다면서 관심이 가서 기다렸다는 것이다. 이 웬 뜻밖의 횡재인가?

그 후 추석 특수기에 직접 사장님이 매장에 방문해서 친척 누님께 보낼 홍삼 톤 마일드 한 박스를 택배로 요청하셨다. 고마운 마음에 사장님의 이야기를 객관적으로 적어서 고운 감사 카드에 사장님을 대신해서 함께 보내드렸다. 감사 카드 소식을 들은 사장님께서는 일주일쯤 지난 뒤 다시 찾아오셨다. 이번엔 가족들 건강을 챙기시겠다면서 여러 가지를 함께 주문하셨다. 이후로 사장님께는 명절 특수기가 되면 미리 가서 주문을 받아올 정도로 편한 고객이 되었고 나아가 가족 간에도 친밀하게 지내게 되었다.

그로부터 10년이 더 지난 지금, 우리 매장의 매출 순위 1위 고객인 사장님의 회사도 날로 번창했으며, 지역 3공단에서 가장 크고 복지가 잘된 회사로 알려져 있다. 특히 사원 복지가 뛰어나 사원들 또한 회사를 자랑스럽게 여기고 있다.

그동안 우리 매장도 우수매장이 되었고, 이런 사장님을 만난 덕분이라는 생각이 든다. 지금 생각해 보면 그 시절, 어렵더라도 용기를 낸 것이 삶의 맛을 느끼는 계기가 되었다. 그 가운데 보람도 있었으며 사업도 결국은 인간관계이고 소통의 결과로 결실이 이루어지는 선순환의 인간사로 귀결되는 것 같다는 큰 깨달음을 얻었다.

순간순간瞬間瞬間

　　　　약침을 맞는다. 살아가다 보니 뜻하지 않는 곳
으로 간다. 지난주 하루를 끝내고 여유롭게 집으로 향했다. 집 도
착 5분 전 삼거리에서 신호대기 중인 내 차를 뒤에서 누군가가
쾅! 소리를 내며 들이받았다. 순간 별이 번쩍, 눈앞이 캄캄했다.
머리는 땅하고 몸은 뻣뻣 가슴은 사정없이 쿵쾅댔다.
　뒤차에서 젊고 덩치가 큰 젊은 남성이 옆에 오니 오히려 두려
웠다. 도로 가운데서 그가 수신호를 했다. 2차 사고를 방지하기
위함이다. 아무것도 생각이 나지 않는다. 차들은 사정없이 빵빵
거린다. 차 밖에 나와보니 하늘은 짙푸르게 깜깜하고 서 있는 내
모습은 점 하나처럼 작고 초라하게 느껴진다. 남편도, 보험회사
연락처도 생각나지 않는다. 한참 후 겨우 찾아 연락해 놓고 기다
리는데 지루함에 지쳤다. 얼마나 시간이 흐른 뒤에 보험회사에서
사람이 왔다. 그의 수신호로 보호를 받으며 밖으로 나왔다.

보험회사 직원이

"많이 놀라셨지요? 잘 처리해 드릴 테니 우선 잠시 쉬십시오."
하면서 간이용 의자를 내놓았다.

남편이 곧 도착했다. 특별히 도울 수도 없지만, 마음은 가라앉는다. 청심환을 사 와서 먹게 해줬다. 사는 동안 예고 없이 들이닥치는 일이 얼마였던가? 마음이 평화로울 때를 놓치지 않는다. 그렇다고 늘 긴장하고 살 수는 없다.

다음 날 병원에 가서 목, 허리, 등 엑스레이를 찍고 몇 가지 검사를 했다. 결과가 나왔다. 경추와 척추에 염좌가 있어 전치 3주 진단이 나왔다. 우선 주사와 물리치료를 받았다. 머리가 아프고 몸은 천근만근 누르는 것 같았다. 걱정이 많이 되었다. 시간이 지날수록 머리가 더 아프고 몸이 축 처지고 의욕이 없다. 운전해도 깜짝깜짝 놀라고 불편했다.

오랫동안 운전을 했지만, 교통사고는 생소했다. 일주일이 지나도 몸은 더 묵직하고 아프고 힘이 들었다. 더 큰 한방병원을 다시 찾았다. 사진과 진단은 비슷하고 치료는 좀 다르다. 어혈이 풀리는 약도 처방하고 침, 부항까지 시간이 오래 걸린다. 침과 추나요법이라는 것을 철커덩 철커덩 소리를 내며 목과 허리, 다리, 발목까지 치료했다. 침을 머리와 목, 허리, 발목까지 맞고 부항도 뜨고 매일매일 치료했다. 이번엔 또 침 몸살인지 온몸이 욱신거리고 열도 나고 밥이 당기지 않았다. 2주일이 지나도 별 호전이 없었다.

약을 먹으니 더 열이 나고 구토도 났다. 매장 일은 5월 가정의 달이라 선물 사가는 고객이 늘어나서 쉴 수도 없었다.

나는 그동안 수술을 4차례나 받았다. 그때마다 억지로라도 의미를 찾고 싶었다. 신장암으로 수술할 때도 콩팥은 2개라 다행이라 여겼다. 수술 후 척추뼈 4번과 5번이 금이 가는 사고를 당했었다. 겨우겨우 버티다가 10년이 지나 결국 쇠 4개로 고정하는 수술을 했다. 견디고 견디는 세월이 지났다. 늘 운동과 관리로 살아갈 수 있는 몸이 되었다.

하루 중 오후가 되면 발바닥이 뜨겁게 달아오른다. 신장 수술한 대부분의 사람이 겪는 증상이라 들었다. 열을 빠져나가게 하기 위해 맨발로 걷는다. 허리 탄력을 위해 덤벨로 50회씩 다리를 교차해 가면서 수시로 한다. 비용이 무리하게 들면 지속하기가 어렵다. 쉽고 간단하게 꾸준히 하는 것을 목표로 삼는다. 별 능력이 없는 나로서는 실천할 수 있는게 꾸준함밖에 없다.

오늘은 상대 차 보험회사 담당자가 전화했다. 합의를 봐야 사건이 종결된다. 3주 진단에 대한 남은 시간에 치료비를 지불하겠다고 했다. 딩동 보상비가 들어왔다. 아픔도 이젠 서서히 일상으로 회복되었다. 돌아보면 삶은 순간순간의 견딤이고 반복된 습관이었다. 다가오는 날들도 가볍게 받아 즐거움을 찾아보리라.

소리길에서 듣는다

　　추석 전에 해둔 약속 날이다. 이번에는 삼 동서만 시간을 맞췄다. 평일에 해인사로 가는 고속도로는 한가하다. 하늘은 높고 푸르고 흰 구름이 솜사탕처럼 정답게 우리를 따라나선다. 아침 일찍 우리 집이 중앙이라 모여서 출발한다. 가을 소풍처럼 셋이 다 설레는가 보다. 옷은 등산복으로 할까요? 산책만 하나요? 전화가 바쁘다. 목소리가 화창한 가을들녘의 바람 소리처럼 부드럽다. 작년에는 다 같이 성철 스님이 머무셨다는 지족암까지 갔다 왔다. 단풍이 한창일 때 다섯 동서가 도시락을 사서 가을 속으로 훌쩍 다녀온 기억이 난다.

　　가야산 소리길은 홍류동 옛길을 복원한 길이다. 홍류동 계곡을 따라 완만하게 걸을 수 있도록 만들어져 있다. 길이 험하지 않아서 맨발로 걷기에 충분하다. 대장경 테마파크에서 농산정 영산교까지 2시간 30분 거리 6km를 걷기로 하고 출발한다. 가야산

19경 중 16경이 숨어있는 계곡이다. 가을 단풍이 붉어 물조차 붉게 물들인다는 홍류동 계곡이다. 우거진 숲길은 정말 소리蘇利길의 의미처럼 "극락으로 가는 길" 그대로다. 아름드리 소나무와 검은 색깔 몸통에 푸른 잎을 띠는 층층나무와 생강나무가 끝없이 펼쳐진다. 아름드리 소나무가 군데군데 올여름 태풍으로 뿌리째 뽑힌 것이 여럿 있다. 고목을 보니 부모님 생각이 난다. 두 동서가 두 팔 벌려 안아본다.

길옆 논밭에는 코스모스, 빨강 겹백일홍, 자주색 겹백일홍, 박각시 백일홍, 백일홍 종류와 색도 다양하게 미소 지으며 우리를 반기고 있다. 논에는 나락이 누렇게 익어 겸손하게도 고개를 숙이고 있다. 소나무 숲 가 탱자나무에는 누런 탱자들이 주렁주렁 탐스럽게 달려있다. 어릴 적 고디를 탱자나무 가시로 빼먹던 기억을 똑같이 말해서 턱이 빠지게 웃었다. 서로를 쳐다보니 살아온 흔적이 보여 서로 우리만 한 동서들 있으면 나와 보라면서 허세까지 부린다. 우리는 사람들이 없을 때면 잠시 마스크를 벗었다. 물소리, 새소리, 바람 소리를 온전히 즐기기 위해 심호흡을 크게 해보기도 한다. 맑은 공기와 소나무 향과 자연의 꽃과 풀 향이 정겹게 느껴져 소녀가 된 듯하다. 아름드리 소나무의 상흔(일본 강점기 때 송진 채취한 흔적)이 보기만 해도 마음이 아픈 우리나라의 아픈 역사를 일깨워준다.

올라가다 보니 축화천, 무릉교, 칠성대, 홍류동, 농산정이 있다. 농산정은 신라 말 세상을 비관하여 전국을 떠돌다 마지막에 머물렀던 고운 최치원 선생의 자취가 남아 있는 곳이다. 송림사로 흐르는 물이 기암괴석에 부딪히는 소리가 고운 최치원 선생의 귀를 먹게 했다고 한다. 선생이 갓과 신만 남겨두고 신선이 되어 사라졌다는 전설을 말해주는 시구를 새겨놓은 큰 바위가 있다. 농산정을 지나서 흙길 탐방로와 목제 교량을 지나면 돌로 조성된 탐방로가 나온다. 무인카페가 있어서 저절로 발길이 그쪽으로 향한다. 3번 총무 동서가 아이스콘을 기분 따라 샀다면서 내민다. 지나가는 길손이 잠시 쉴 때 숲 소리, 바람 소리, 물소리도 여유롭게 들려온다. 유일한 암자인 길상암 입구가 나오고, 계단에서 약 30m쯤 위에 길상암이 있다.

멀리 보이는 가야산을 뒤로하고 매화산을 앞에 두고 있어 그 웅장한 모습과 주변 경관이 어우러져 경이롭기까지 하다. 내려오는 길에 수려한 화강암으로 된 철 지난 계곡에 발을 씻는데 반짝이는 햇살이 우리를 감싸는 듯하다. 숲길 옆에는 무와 쌈 배추가 탐스럽게 자라고 있다. 김장용 포기 배추도 아직은 묶지 않고 그대로 큰 꽃잎처럼 하늘을 바라보며 크게 웃고 있다. 우리는 형제 중 한 남자의 아내로 들어와 살았으니 친구로 치면 사십 년 지기다. 친구 모임보다 마음이 잘 맞는다. 젊은 시절에는 주로 집에서 놀았지만 다 60이 넘으니 바깥에서 새로운 곳을 찾게 된다. 가족들이 후원을 해줘서 멀리 갈 때는 더 재미가 쏠쏠하기도 하다. 요즘은 젊은 쪽에서 더 후원을 잘하기도 한다.

서로에게 버팀목이 되어 어려움이 있을 때도 모이고, 즐거워도 모이고 하다 보니 그 어떤 친구들보다 편하고 진솔한 사이가 되었다. 동서들끼리는 두 달에 한 번은 모인다. 비가 와서 갑자기 우울해도 깜짝 만남, 아이들이 섭섭하게 해도 번개 만남 등 핑곗거리가 많아진다. 우리도 저 소나무처럼 오랜 세월이 지나도 그저 묵묵하게 버티고 견뎌서 늘 작은 여유로움을 즐기자고 약속했다. 건강해야 한다. 이번 일요일에는 어머님 기일이라 또 만난다. 세상이 코로나로 들썩거려도 우리는 가족이라 만남에 제약이 없다. 집에서 입으로만 놀아도 된다. 시간의 흐름에 따라 추억거리도 끝없이 늘어나니 얘기는 끝이 없다. 가족의 대소사를 함께한 지 수십 년이 지나니 서로의 행동, 목소리만 들어도 기분을 알게 된다.

산골이 시집 고향이라 함께 가서 산밭에서 고구마도 캐고, 땅콩도 캐고, 여러 가지를 공유하다 보니 어느새 홀쩍 할머니들이 되었다. 건강을 잃고 헤맬 때에도 아이들이 흔들리지 않도록 도와주었다. 나이도 한 살씩 차이가 나서 친구보다 더 비밀스러운 얘기도 할 수 있어서 편하다. 내려오는 길에 와불 앞에 나란히 서서 감사한 마음, 고마운 마음을 전하고 가슴 부자가 되었다. 내려와 어머님이 만들어주시던 청국장을 사서 먹고 돌아온다. 어머님의 부드러웠던 "안 그러겠나!"가 우리를 감싸는 듯했다. 날씨가 참 묘하다. 어느새 가을이 깊어가고 어둠이 먼저 찾아와 내 앞에 선다. 단풍이 곱게 들 무렵 다시 한번 날을 잡으면서 각자의 보금자리로 향한다.

기적

　　나는 기적이다. 하루도 같은 날이 없는 하루를
또 받았다. 나는 웃기 위해 제일 먼저 거울을 본다. 고마움에 미
소가 절로 번진다. 밝은 얼굴이 나를 뚫어지게 응시하면서 웃고
있다. 이런 아침을 열어보기 시작한 것이 20여 년이 넘었다. 처음
엔 살아있음이 고마워서 봤고, 차츰 습관이 되어서 본다. 오늘은
안경을 닦고 보다가 문득 아스라한 기억 하나가 거울에 투영된
다.

　1968년도 있었던 일이다. 엄마가 그때도 안경을 쓰셨다. 겨울
날이었는데 뭔가를 하던 중에 갑자기 안경다리가 부러지면서 렌
즈가 박살이 나는 사고가 발생했다. 그날 엄마의 처절한 표정은
난생처음 본 엄마의 슬픈 모습이다. 여중 2학년이었던 걸로 기억
된다. 난 엄마의 안경을 해드릴 수 있다고 말씀드리며 위로했다.
아!! 그런데 엄마의 얼굴이 잠시 나를 보시더니 "그렇게 해줄 수

있겠나?" 단숨에 대구에 가서 해드리겠다고 했다. 사실 한 번도 가본 적이 없는 도시였다. 그래도 엄마를 돕고 싶었다. 단 한 번의 망설임도 없이 가서 좀 해달라는 것이었다. 다음 날 아침 일찍 교복을 챙겨 입었다. 엄마가 주신 큰돈을 안전하게 책가방에 깊숙이 넣고 기차역으로 갔다. 대구행 첫차 표를 구매하고 대합실 난로앞에서 몇몇 어른들과 같이 열차 시간을 기다렸다.

완행열차에 오르니 어른들뿐이었다. 가슴이 사정없이 쿵쾅거리기 시작했다. 좌석에 앉아있을 수가 없었다. 밖에 나와서 바라보니 늦가을 창밖의 쌀쌀한 빈 들판도 보이고, 간혹 들판에 콩걷이를 하는 어른들만 보였다. 멀리 갈대숲도 나의 마음을 아는지 마구 은빛으로 흔들리는 구름처럼 보였다. 출발해 두 시간쯤 지나 대구역에 도착하니 많은 사람이 붐비고 있었다. 멋진 옷을 입은 사람들이 다들 누군가와 함께 이야기하면서 걸어 나오고 행복한 얼굴이었다. 나는 걱정이 태산이었다. 안경 전문점을 어떻게 찾을지 사전 정보를 알 방법도 몰랐다. 대구역 근처 파출소를 먼저 찾아가 도움을 청했다. 경찰관은 어디에서 왔느냐? 왜 혼자서 여기까지 왔느냐? 사정 이야기를 다 듣고는 친절하게도 사이드카로 데려다주겠다고 했다. 중앙로에 있는 제일 큰 안경원 명화당이란 곳에 데려다주고 가셨다. 잘 만들어 달라고 부탁까지 하고 가셨다.

나는 사장님께 엄마의 부러진 안경과 깨진 렌즈를 드리며 주문을 청했다. 그런데 도수가 높아서 며칠이 소요된다고 했다. 나는 오늘 안으로 시골에 돌아가야 한다고 하고 간청을 드렸다. 그 랬더니 어딘가 전화를 하더니 시간이 4~5시간이 걸려서라도 해 주겠다고 했다. 감사하다고 인사를 몇 번이나 드렸다.

긴 시간 동안 탁자에 앉아 숙제를 다 했다. 점심으로 빵을 사주 셨는데 생전 처음 먹어보는 도시의 새로운 맛이었다. 안경값은 내 생각에는 엄청나게 비싼 값이었다. 안경 비용을 충분하게 준 비해 주셨는데도 걱정이 되었다. 어둠이 깔릴 무렵 완성되어서 나오니 막막했다. 버스를 타고 갔는데, 갈수록 다른 방향으로 가 는 듯했다. 급히 내려 택시를 탔는데 시간이 엄청 많이 걸리는 것 이 초조했다. 아니나 다를까 대구역에 도착해서 요금으로 남은 돈 거의 전부를 지급하게 되었다. 역에 들어서니 열차표를 사기 위해 길게 줄 서 있는 사람들이 보였다. 돈이 턱없이 모자라서 낮 선 두려움이 내 온몸을 휘감는 듯했다. 집에는 가야 하는데 차비 는 없고 밤은 깊어가고 있었다. 하는 수 없이 용기를 내기 위해 "나는 기적이다. 나는 기적이다."를 계속 중얼거리며 똥 마려운 강아지처럼 역대합실을 서성거렸다.

어떤 분이 나를 흔쾌히 도와주실까? 여러 사람을 살펴보다가 아버지 또래쯤 되는 신사분에게 사정 얘기를 하고 도와 달라고 말씀을 드렸다. 그때처럼 내 몸이 초라하고 가벼운 기분은 여태 껏 처음이다. 뜻밖에도 그 신사분이 흔쾌히 표를 사주셨다. 나는 공책을 꺼내서 그분의 성함과 주소 전화번호를 적고 내 이름과 아버지 성함, 주소, 전화번호를 적어드리고 몇 번이고 인사를 드렸다. 그 신사분은 먼 길을 혼자 와서 어머니 안경을 맞춰간다고 칭찬을 하시면서 당부를 하셨다. "다음엔 혼자 다니지 마라. 조심해서 가거라." 고향 역에 도착하니 막냇동생을 업은 엄마와 남동생들이 보였다. 나는 뛰어가서 엄마를 부둥켜안았다. "무사했구나!" "무사했구나!" 엄마는 걱정을 많이 하신 것 같았다. 세상에서 가장 큰 일을 해낸 것처럼 안아 주시면서 칭찬과 고마움에 눈물을 흘리셨다.

며칠 후 객지에 계시던 아버지가 오셨다. 열차표를 사주신 신사분 집에 아버지와 같이 가서 돈을 갚았고 엄마가 준비해 주신 선물도 드렸다. 가서 보니 영천에서 양조장을 하시는 사장님이셨다. 그 인연으로 서로 오가는 친척 같은 사이가 되었다. 지금 겁없이 여행을 혼자서도 잘 가는 것은 그때의 경험 때문일까? 세월이 흐르니 지나간 일 중에 가장 두렵고 어려웠던 일이 나에겐 큰 자산이 되었다. 엄마도 엄마를 처음 해봐서 지금 생각해 봐도 땀이 난다고 하셨다. 교통수단도 정보도 경제도 다 부족했던 그 시절이 그립고 아름답다.

가을 노을 속에서

　　가을 햇살이 달다. 몇 개월 만에 모임으로 산상토론회를 하게 되었다. 주말이라 가족으로 보이는 분들이 많다. 주차장엔 차로 틈이 없다. 코로나 1단계로 발표가 되니 금방 숨통이 트인 듯 나선 것 같다. 나도 그중 한 사람이 된 셈이다. 3대로 보이는 젊은 부부와 아기와 중년의 부부가 갈대가 흐드러지게 핀 곳으로 걷고 있다. 온 가족이 아기를 보면서 아장아장 걸음마다 웃음과 박수가 배경음악이 된다. 호수의 아름다운 노을이 뒤에서 보배로운 모습을 장식하며 빛을 발한다. 순간, 젊은 엄마의 모습이 영상처럼 스친다. 돼지 콜레라로 인해 돼지우리에서 새끼 돼지에게 음식물을 떠먹여 살려내시던 흰 수건을 머리에 쓴 옆얼굴이다.

　엄마와 딸이 된 지 육십 년을 훨씬 넘겼다. 모녀란 간단한 관계가 아닌 게 분명하다. 현실로는 만날 수도 없는 머나먼 다른 세상에 계시지만 가슴으로는 불쑥불쑥 만난다. 가장 멀고도 가까운 사이에는 감정선이 끝이 없다. 즐거울 때보다 아프고 힘들 때 더욱 생각나고 의지가 된다. 언제나 내 편이 되어준, 가까이 있다가 문득 아득하게 되는 엄마. 친구보다 더 친구 같고 언제나 보호자가 되어준 엄마. 슬픔, 눈물, 고통의 바닥까지 천둥도 벼락도 폭풍도 다 가슴으로 삭여냈던 엄마. 딸이 가난할 때, 병들었을 때, 외로울 때, 끝없이 앓았었다. 딸의 아픔 중에 건사시켜 준 후 돌아가 앞이 보이지 않았던 그 엄마. 이 세상에서 가장 큰 소화력을 가진 존재 엄마. 정신적, 육체적 영혼의 통증까지도 함께 견뎌 내주신 엄마.

철없던 어린 시절의 일이다. 한번은 학교에서 돌아왔을 때 엄마가 백지장 같은 얼굴을 하고 있었다. 산부인과에서 유산하고 오신 뒤였다. 보리밥을 찬물에 말아서 된장에 풋고추 몇 개를 들고 있었다. 조리해야 함에도 그길로 바로 사료 주문이 들어와 손수레에 가득 싣고 바로 배달했다. 초등학교에 다닐 때라 엄마를 챙겨드릴 줄도 몰랐다. 오히려 그 상황을 이해하지 못했다. 지금 생각하면 소중한 엄마를 알지 못했던 그 시절이 소스라치도록 가슴이 찢어진다. 단 한 순간이라도 뵐 수 있다면 꼭 다시 만나서 그 빚을 갚고 싶다. 소원하면 이루어진다는데 매일매일 맨발로 산을 오를 때마다 빌어본다.

여중을 다닐 때는 나는 깡마르고 왜소해서 늘 보약은 내 차지였다. 어렵게 지어주는 보약도 투정하듯 먹었다. 어려운 살림살이에 입이 짧아서 늘 부모님이 걱정을 많이 했다. 도시락엔 늘 볶은 콩가루를 밥 아래위로 넣어서 영양을 보충시켜 주셨다. 항상 작은 쪽지 편지가 있었다. "꼭 밥과 콩고물과 반찬은 다 먹어야 한다." 엄마의 늘 다른 글이 도시락과 함께 있었다. 바로 엄마가 옆에 있어서 지켜보는 듯했다.

쌀농사를 많이 지었는데 싸라기를 걸러내서 일 등급 쌀을 만들었다. 남은 싸라기를 물에 불려 채에 건져서 절구에 빻았다. 그 가루에 검은콩을 넣고 쪄서 떡을 만드셨다. 간식으로 반 개씩 나누어 주셨다. 요즈음은 쌀눈이라 해서 비싼 가격으로 사서 먹기도 한다. 나는 외가 동네에서 어린 시절을 보냈다. 엄마와 같은 초등학교와 여중을 나와 엄마의 후배가 되었다. 엄마의 초임 담임선생님이 내가 다닐 때는 교장 선생님이셨다. 동네 아저씨나 아줌마가 더러는 엄마의 친구분이다.

외가가 길 건너라서 하루에도 몇 번씩 가서 외할머니의 감자수제비도 먹고 손칼국수도 먹을 기회가 많았다. 비가 오거나 눈이 오거나 바람이 세차게 불어도 외할머니가 학교에까지 데려다주시곤 하였다. 젊은 외숙모님이 솜씨가 좋아서 내 옷에다 예쁜 꽃수를 놓아주시기도 했다. 책가방도 손수 만들어 꽃수를 놓아주셔서 내 가방을 친구들이 부러워했다. 그 당시에는 소고깃국만 끓여도 외가에 갖다 드리기도 했다. 외가에서는 토종닭 백숙을 많이 주신 것 같다. 겨울엔 우리 집에 오셔서 하룻밤씩 주무시고 가시기도 했다. 밤엔 털실로 엄마와 외할머니가 나란히 털스웨터를 짜시기도 했다. 화롯불에 군밤 냄새는 지금도 바로 느낄 수 있는 외할머니의 잔상 같다.

수변의 갈대는 금빛과 은빛이 물결처럼 일렁인다. 남색 나팔꽃은 군집으로 피어서 저녁 무렵 붉은 햇빛이 반사되면 환상적인 분위기다. 물 위에는 은빛 선들이 잔물결 따라 춤을 춘다. 잔잔하게 흘러나오는 클래식 음악에 맞춰 들풀도 아름답게 흔들린다. 아름다운 노을이 어느새 온통 수많은 나들이객의 환호를 받는다. 그 아름다움을 놓칠세라 담기에 바쁘다. 나도 담는다. 가을은 아쉽기는 하지만 내면을 조용히 들여다보고 빈 가슴을 챙기기에 충분하다. 내 인생의 가을도 이렇게 아름다웠으면 좋겠다.

내일이 없는 것처럼

십 차선 도로에 단풍이 사정없이 휩쓸린다. 가을인가 싶으면 어느새 겨울이다. 휴일이지만 겨울 채비로 마늘과 생강을 까서 갈아서 큐브에 냉동 보관한다. 딱 이맘때 하는 일이다. 언제든지 요리할 때 쉽게 맛있게 할 수 있다. 때론 눈에 띄지 않는 것이 중요할 때가 많다. 살아가는 것도 마찬가지다. 그때 맞추지 않으면 힘이 들고 버겁다. 우리나라는 사계절이 분명해서 적어도 철 따라 해야 할 일들과 철 따라 입을 옷이 구분되어 있다. 평소에 일을 디테일하게 분류해서 하는 것을 선호한다. 힘든 느낌이 들지 않아서 선택한 방법이다. 말하자면 먹는 것부터 입는 것, 청소, 정리를 20분 만에 할 수 있도록 해둔다. 시간이 넘으면 멈추고 끝낸다. 다음에 해도 충분하다.

오래전 책을 읽고 감명을 받아 3주씩 목록을 짜서 습관 만들기를 했다. 보라색 고무 밴드를 왼 팔목에 끼고 하는 연습이었다.

실패하면 다시 시작하고를 6번 정도 한 것으로 기억된다. 그것이 계기가 되어 부산에서 하는 독서 모임에 참가하게 되었다. 처음엔 전국 카페에 들어가 책을 읽고 논평하는데 실천한 것을 올려야 했다. 다른 사람들의 사례가 많아서 생각을 바꾸고 도전하는데 큰 힘이 되고 있었다. 그러다가 오프라인 독서 강의가 있어 참석하게 되었다. 참석한 사람들 중에는 연령층과 직업도 다양했지만, 특히 자기 분야에서 알려진 사람들이 많았다. 오후에 자기 소개하는 시간이 있었다. 다들 나와서 소개할 거리가 참 많고 박식하고 말을 조리 있고 멋있게 잘했다. 나는 가슴이 사정없이 쿵쾅쿵쾅 감당이 안 되었다. 별로 내세울 경력도 현재도 없고 초라했다. 차분하게 마음을 가라앉히고 나 자신을 객관화시켜보았다.

나는 엄마다, 아내다, 며느리다. 자영업을 하니 직업은 갖고 있다. 아!! 생각이 떠올랐다. 다른 사람이 하는 일상적인 것 말고 나만의 것을 알리자. 여기엔 군이 나를 잘 알릴 필요도 없고 나에게 기대도 없을 것이다. 그렇다면 어떻게 시작해야 할까? 내가 나를 찾아가는 방법 중 평소에 늘 하던 것을 말해보기로 마음을 굳혔다. 내가 할 차례가 되었다. 앞에 나가 보니 30여 명이 나에게 집중하고 있었다. 먼저 이름과 사는 곳 현재 직업을 말했다. "저는 저의 소개를 조금 다르게 하려고 합니다. 저는 많은 장단점을 갖고 있습니다. 별로 잘한 것이 없는 평범하기 짝이 없는 한 사람의 공개라고 생각해 주시면 감사하겠습니다." 그러고는 단점부터 하나, 둘, 셋, 넷… 오십 번째가 넘어가니 모인 분들이 숫자를 합동으로 연호하기 시작했다. 백세 번째에서 멈췄다. 그다음으로 나의 장점을 같은 방법으로 하기 시작했다. 하나, 둘, 셋…. 백일 곱에 멈췄다. 모든 사람이 기립박수를 쳤다. 내 이름을 연호해 주었다.

나도 놀랐다. 바로 이런 사람이 나였구나…. 스스로 돌아보는 솔직한 자리가 된 셈이다. 다음으로는 게임도 짝을 이루어서 하는데 경기도에서 온 청년이 먼저 나에게 다가왔다. 호텔 하루 예약 시간 6시 50분까지 즐겁고 보람찬 시간이 흘러갔다. 그 후로 부산과 서울에서 모임을 두 달에 한 번씩 하게 되었다. 모임은 대부분 회원 사무실, 사업 하시는 분은 사옥에서 했다. 정성껏 준비해서 읽은 책을 발표하고 자기 삶에 적용한 사례와 어렵게 생각하는 부분을 말했다. 차례차례 하고 나면 토론하게 된다. 나를 있는 그대로 말하고 행동하기 시작한 후로 모임이 편하고 행복한 시간이 되어 갔다. 다른 분들도 점점 자신을 편하게 풀어나가는 기회가 된 것 같았다.

오랫동안 오늘이 최선이다. 내일이 없는 것처럼 살아가는 일이 습관이 된 지금 참 삶이 가볍고 편하다. 애써 무리하지 않아도 되고 특별한 욕심도 생기지 않는다. 스스로 개편한 시간 조절을 하니 내 주변이 편안한 사람들로 보인다. 무엇이든 할 수 있는 만큼만 한다. 그런데, 그 후로 더 많은 것을 해낼 수 있었다. 참으로 삶은 아이러니다. 크게 바라지 않을수록 더 많은 것들이 곁에 와서 미문다.

하나가 된 세상

쌀쌀한 아침, 자동차만 쌩쌩 달린다. 한산한 거리엔 모두가 바쁜 발걸음이다. 바람이 연일 추위와 친구한 듯 매섭게 불어댄다. 뉴스에서는 시끌시끌 코로나 확진은 17만 명을 넘기고 있다. 이제부터는 모든 책임은 개인이 스스로 알아서 해야 한다. 가까운 지인들이 오미크론에 걸려 일주일간 집에서 목감기약 처방을 받아서 자가격리를 하고 있다고 알려왔다. 코로나 3차 접종까지 마친 사람은 중증으로 갈 우려는 적은 것으로 알려졌다.

뉴스에서는 중국 항공기 기내에서 새 생명이 탄생했다고 한다. 승객과 승무원이 합심해서 무사히 순산해 회항하는 일이 있었다. 기내에는 축하 탄성이 가득한 가운데 회항해도 모두가 한마음으로 기뻐했다. 우크라이나에선 연일 러시아가 합법적으로 평화유지군을 파견할 수 있도록 의회에서 만장일치로 통과되었다. 미국을 비롯한 나토 연합은 연일 규탄과 경제봉쇄 조치를 한다고 하니 앉아서 세계의 움직임을 실시간 공유하는 시대에 살고 있다.

실시간 SNS나 메일로 문서가 오가고 결정도 할 수 있다. 그러나, 배우지 않으면 혜택을 누릴 수 없다. 생각해 보면 세계 여러 사람이 어렵게 개발해 놓은 것들을 쉽게 사용한다. 또 개발자는 사용자가 없으면 무슨 소용이 있겠는가? 감사한 일을 찾으면 끝이 없다. 특히 나는 IT에 관심이 많았다. 컴퓨터로 하는 세상의 무궁무진함을 상상했었다. 286컴퓨터부터 미술을 전공하는 딸을 위해 매킨토시를 샀을 때 너무 감동했었다. 많은 글씨체와 사진과 글씨를 결합해서 책까지 만들 수 있었다. 그때부터 현재는 구글 지도로 길치인 내가 운전도 편하게도 할 수 있고, 어느 나라를 가더라도 그 나라 말로 번역이 가능한 핸드폰이 있는 편리한 세상의 중심에 내가 살고 있다.

러시아는 결국 우크라이나 침공을 현실화했고 세계 각국은 강도 높은 러시아 제재안 마련에 들어갔다고 한다. 제재는 미국이 의도한 대로 우방국들은 동참하게 된다. 따라서 변방에 있는 우리나라도 수출입에 많은 타격을 입게 된다. 개인인 나에게도 그 여파가 구석구석 미치게 될 것이다. 거리에는 20대 대선이 임박해서 서로 격렬한 말싸움을 서슴지 않고 있다. 세상은 이렇게 굴러가고 있다. 물적 자원은 더 풍부해지고 과학은 더 발달해도 더 치열하게 대립하고 있다.

왜 이렇게 서로 대립할 수밖에 없을까? 봄이 다가오는데도 겨울을 벗어나지 못하는 느낌이다. 결국, 우리 인간의 끝없는 욕망이 전쟁을 만들고 있다. 한민족이 파를 나누고 수많은 갈등을 겪는 것은 인간이 생존하는 동안은 끝없이 끝없이 이어질 것이다. 하지만, 그 가운데 살아가는 나 개인은 무엇을 위해 살아가는 것이 가장 잘 사는 길일까?

끈

컴퓨터가 말썽을 부린다. 먼 곳에 있는 아이들과 영상통화를 하다가 갑자기 연결된 끈이 떨어지는 듯 아득한 상황이 되었다. IT가 발달할수록 더 빨리 교체기가 오는 것 같다.

현대 사회는 모든 생활 망이 거미줄처럼 연결되어 있다. 러시아의 우크라이나 침공도 안방에서 실시간으로 파악할 수 있다. 미국과 서방 동맹국들은 러시아에 대한 제재를 가하기 시작했다. 그중 하나로 SWIFT를 통한 경제 제재를 결정했다.

SWIFT는 표준화되고 코드화된 양식으로 송금 메시지나 신용장을 송부하는 방식이다. 1977년 유럽과 미국에서 만들었다. 2012년 핵 개발을 하던 이란을 이 관계망에서 탈퇴시켰다. 이란은 석유와 가스 수출 후 대금결제가 불가능하게 되고 이 조치는 결국 핵 개발을 포기하는 데 영향을 미쳤다. 러시아에 대한 경제 제재도 결국은 우리나라를 비롯해 글로벌 여러 나라들이 피해를 보게 되어 있다. 러시아에 빌려준 자금을 돌려받을 수 없게 되기 때문이다.

결국 내 나라의 신용이 없으면 개인의 삶뿐 아니라 국가 간에는 경제를 조이는 역할을 한다. 세계는 거대한 씨줄과 날줄로 연결되어 있다. 환경도 교육도 먹거리도 다 그 속에서 이루어진다. 러시아 침공 5일째 우크라이나의 대통령 젤렌스키가 유럽의회에서 "삶이 죽음을 이길 것이며 빛이 어둠을 이길 것"이라면서 유럽 각국의 협력을 촉구할 수 있는 것도 관계망을 이용한 언론정치이다. 세계 청년들 2만 명이 목숨을 걸고 도와주는 것도 같은 이치다. 전쟁으로 시민들은 국외로 지하로 대피했다. 주요 도시마다 폭격으로 물이 나오지 않고 전기가 끊기고, 인프라는 붕괴했다. 그러나 우크라이나에서 벌어지는 전황은 SNS 등을 통해서 세계 곳곳에 퍼지고, 젤렌스키 대통령은 전 세계를 향해 화상 연설을 하며 지원을 끌어모으고 있다.

이 모든 것이 어떻게 가능했을까? 전쟁 중에도 계속 지원과 백업 작업을 한 덕이다. 정부의 백업 플랜으로 일론 머스크(CEO)가 페이스×의 스타링크 위성 인터넷서비스로 도움을 주고 있어 가능했다. 결국 러시아의 사이버 공격은 예상했던 것보다 약했다.

나는 딸을 미국이라는 먼 곳에 두고 살아가고 있다. 컴퓨터, 휴대폰이 실시간으로 연결되어 있어 소통에 어려움이 없다. 카카오톡이 있어 무료로 이야기가 끝이 날 때까지 주고받는다. 안방에서, 먼 나라에서 학교에 가는 버스를 타고 간다고 인사도 하고 간다. 더 다행인 것은 국제간에 가입된 Swift Code가 있어 쉽게 세배받고 세뱃돈도 바로 보낼 수 있다. 내가 타는 승용차에도 우크라이나와 러시아에서 들어온 원재료가 부품이 된 반도체가 들어있다.

무심코 쓰고 있는 생활 속의 물건들이 세계 여러 나라와 연결되어 있어 새삼 고맙다. 가스, 휘발유, 광물 등 모든 것이 우리 삶 속 깊숙이 들어와 있다. 물론 여기에는 편리함도 있지만 책임도 함께 져야 함을 잊지 않고 있다. 일상생활 곳곳에서 어쩌면 나는 나와 얽혀있는 세상의 끈을 소홀히 하는 것이 아닌가 살펴보고, 세대를 어우르는 한 사람으로서 미래 세대를 위해 어떻게 살아야 할 것인가를 생각해 보기도 한다.

오일장에서

　시월의 끝자락에 다다르니 가을이 깊이 들어온다. 가을 들판은 황금빛이 가고 가을걷이 끝낸 논엔 곤포 사일리지가 줄지어 서 있다. 산에 들에 피는 야생화도 스스로 겨울을 준비한다. 창밖 푸른 하늘에 하얀 조개구름이 따라나선다. 이맘때가 되면 같은 직업을 가진 7명이 시골 장보기 놀이를 한다. 이번에는 다섯 명이 가게 되었다.

　첫 만남은 16년 전이다. 프랜차이즈 초입에 본사에서 교육받은 후 저녁 식사 자리를 갖게 되었다. 서로가 같은 일, 같은 경쟁자로 만났다. 누군가 제안을 했다. 공동체를 만들어 더 발전적으로 모임을 하기로 했다. 즉석에서 대표를 뽑고 총무를 뽑게 되었다. 다수결로 하다 보니 뜻하지 않게 책임을 맡게 되었다. 본사에 맞서 권리를 주장해야 할 일들이 많았다. 더러는 앞에서는 협조하고 뒤로는 정보를 흘려서 경고장을 받은 일도 있었다. 개인을 위한 일이 아니고 공동선을 위한 일이라 떳떳했지만, 마음은 편하지 않은 일이 생기기도 했다.

노동조합처럼 협의회를 만들었다. 부당하게 할 때는 단체행동도 나서야 했다. 그런 일이 있을 때 추천인들이 나섰다. 함께 대처하니 말의 힘이 생기게 되었다. 대구 동서남북에 있는 매장으로 구성된 분들이다. 어느 날부터 공식적으로 대처해 나가니 점점 두텁게 모이게 되었다. 특히, 세무적인 일로 공동 대응을 할 땐 훨씬 대처가 빨랐다. 지금은 여론을 수렴하는 관계로 발전되어 교류가 활발하고 재미있는 모임이 되었다. 처음에는 다른 지방에 있는 대리점에 연락해 두고 여행을 시작하게 되었다. 지역 점주가 직접 특산물과 맛집에 동행했다. 전국에 있는 점주들을 만나면서 네트워크가 쌓여 갔다.

이번에는 겨울 준비를 위해 의성 장날로 잡았다. 의성은 마늘과 생강, 고구마, 의성 단배추가 유명하다. 시골 오일장에는 할머니들이 많이 준비해 놓고 계셨다. 먼저 마늘, 생강농장에서 운영하는 곳으로 갔다. 가족들이 우리를 반긴다. 친척집과 사돈에게 드릴 선물도 이것으로 사니 꽤 많은 양이 필요하다. 고향의 푸근한 정이 더해 덤도 많았다. 전국으로 보내는 젓갈 공장이 의성에 있다는 것도 신기했다. 안동에 간고등어가 유명한 것과 같은 맥락이다.

다음으로 재래시장으로 갔다. 우리들이 가는 곳은 대를 이어 운영하는 집이다. 미리 연락 해두고 간다. 토란, 말린 배추, 찹쌀

조청, 간수 뺀 소금 등을 내놓았다. 특히 의성지방에서는 감꼭지에 소주를 적셔 담근 감이 맛이 있는 고향의 맛이다. 우리를 위해 따로 비닐봉지에 나누어 담아 선물로 주셨다.

꼬르륵 배가 신호를 보낸다. 시장통 골목 안 맛집으로 안내받았다. 시골장도 현대식으로 정비해서 깨끗하게 되어 있다. 우리는 양념 닭발과 추어탕을 하는 아주머니가 맞이해 주는 곳으로 갔다. 연탄 석쇠에서 불닭발의 맵싸한 향이 입맛을 당긴다. 홀 안에는 전국 요리대회에서 일등을 한 대형사진이 붙어 있었다. 그녀의 친절함은 구수한 토속 된장 맛 같았다. 양념 닭발 구이와 추어탕 맛은 진하고 화끈하고 맛있었다. 커피는 갓 볶아 바로 내려서 준다. 시골도 도시와 똑같다. 시골 인심은 그대로 살아 있어 물건 사는 재미가 쏠쏠하다. 할머니들이 말린 산나물, 무말랭이, 콩, 팥을 좌판에 조금씩 오종종히 놓고 앉아서 우리를 서로 더 친절하게 반긴다. 일행은 한곳에만 사면 할머니들이 마음 상할까 싶어 나누어 다 사고 말았다.

한때는 경쟁자가 되어 치열할 수도 있었다. 두 분 형님들이 어진 마음으로 이끌고 우리는 따르니 자매 같은 사이다. 서로 협조하니 더 쉽게 운영할 수 있게 되었다. 가족들도 친하게 여행하면서 일과 여가가 조화를 이루게 되었다. 버겁던 사업도 서로의 도움으로 함께 발전한다. 하늘 아래 구름은 시시때때로 변하지만, 그 변화를 받아들이니 재미가 되었다.

비 오는 3일의 퀵맨

안녕하세요? 저는 대구/경북지사 남산점을 운영하는 임우희라고 합니다. 먼저 우리 매장은 판매를 많이 올리는 매장은 아닙니다. 하지만 나름대로 현장에서 CS를 실천하며 조금씩 매출이 증가하고 있습니다. 제 얘기 한번 해보겠습니다.

언제나 그랬듯 매출은 시원찮았고 남편과 고민하다 생각다 못해 용기를 냈습니다. 관공서, 학교 등 한 달에 두세 번 정도 방문해 홍보활동을 시작했습니다. 그때마다 제품을 구매하는 분도 계시지만 때론 경비아저씨에게 캔디와 시음용만 드리고 돌아설 때가 많았습니다. 하지만 횟수를 거듭할수록 작은 요령이 생기기 시작했습니다. 그건 바로 방문하는 곳의 경비아저씨와 친해지기!! 경비아저씨랑 친해지면 경비실 문턱을 쉽게 넘을 수 있었습니다.

그러던 어느 날, 한국전력 구내식당에서 인삼공사 동인비 담당 팀장과 함께 홍보 행사를 진행했습니다. 하지만 그날따라 반응이 너무 없었습니다. 순간 마음이 허탈하고 기가 꺾이는 듯 움츠러들었습니다. 그래도 며칠 후 용기를 내 혼자 방문을 다시 하였습니다. 저는 매장 소개와 더불어 고객을 생각하는 마음을 담아 작은 홍보물을 만들었습니다. 처음에 담당자는 외부광고는 어렵다며 난처함을 표했습니다. 그런데도 계속 부탁을 드렸습니다. 3일 정도 지났을 무렵 연락이 왔습니다. 사내 인터넷 사이트에 홍보물을 실어주겠다고 했습니다. 광고를 실은 뒤 실제로 여러 명이 매장에 들렀습니다. 또한 직원의 부모님 중 옥포에서 실타래 감는 공장을 운영하는 분이 직접 찾아오셨습니다.

거래처 선물용으로 대량 구매할 의향이 있다며, 처음엔 대형마트, 홈쇼핑, 면세점과 비교하며 가격과 할인 혜택에 불평을 늘어놓았습니다. 웃으면서도 불쾌한 기분은 들었습니다. 나를 건강과 행복을 전하는 사람이 아니라 단순히 길거리 장사꾼으로 대하는 느낌에 눈물이 핑 돌았습니다. 내가 뭔가 잘못하고 있나, 하면서 말입니다.

하지만 평소 고객관리가 남다른 남편은 웃어가며 구매한 제품을 차에 직접 실으며 길 언저리까지 나가서 정중하게 인사하고 고객의 차가 사라지는 모습을 다 본 후 매장에 들어왔습니다. 저에겐 여전히 불편한 고객이었지만, 역시 남편은 남편이었습니다. 지난 구정 때 그 고객이 제품을 퀵으로 주문 요청했습니다. 하지만 특수기에 폭우가 쏟아지던 그날은 하필 퀵이 되지 않았습니다. 저는 그러지 않아도 평소에 불편한 고객이라 걱정이 이만저만이 아니었죠. 다소 까탈스러운 고객이었지만, 어렵게 맺은 인연이었기에 혹시라도 고객의 기분이 상할까 걱정이 되기 시작했습니다.

궁여지책으로 남편이 직접 정장 차림에 넥타이를 매고 자가용 퀵맨을 자처했습니다. 그 당시 배달 장소가 이곳저곳 이동 거리도 멀고 날씨도 좋지 않아 걱정을 많이 했습니다. 하지만 남편은 이동할 때마다 걱정하지 말라고 전화하며 동선을 알려주었고 조심조심 천천히 배송하겠다고 했습니다. 그런데 상황은 뜻밖에도 반전이 생겼습니다. 남편은 가는 곳마다 받는 분에게 선물하는 분과의 관계를 자연스럽게 물어보고 선물의 특장점과 홍삼의 효능을 안내한 것입니다.

선물하는 분의 마음을 진정성있게 전달하고, 상품을 상세히 소개하고, 어떻게 해서 이렇게 좋은 선물을 받는지 등 온갖 이야기를 적은 고객 메모 수첩을 문서로 만들기 시작했습니다. 옆에서 남편이 하나둘 설명해 주면 내가 받아 적었습니다.

며칠이 지난 후 사장님이 매장에 찾아오셨습니다. 나는 고객 앞에서 긴장하고 있었는데 먼저 건네신 첫 마디가 이번에 선물 받은 분마다 고맙다는 연락이 오고, 홍삼의 효능에 대한 설명도 듣게 되어 고맙다는 인사를 많이 들었다고 했습니다. 나는 메모해 둔 내용이 순간 떠올라 자세하게 얘기를 했습니다. 이때 그분의 표정은 예전의 응대하기 어려운 사장님이 아니었습니다. 우린 한동안 이 얘기를 나누며 친밀해지기 시작했습니다.

그 후 올해 추석에는 그냥 무조건 믿고 맡긴다며 금액과 받는 분들의 명단만 주고 가셨습니다. 그분은 이젠 정말 믿고 맡길 수 있는 친척 같다고 하셨습니다. 지금 생각해 보면 제품의 판매만을 생각하기보다는 인간관계로서 세밀한 정을 느끼고 나니 그저 모든 고객 한 분 한 분이 감사하고 고마움으로 가득했습니다. 차별화된 서비스가 별건가요? 내가 행복하고 고객도 행복을 느끼는 것, 바로 특별한 감성 서비스라 생각합니다.

오늘도 남편과 함께 우리가 할 수 있는 일들이 아직은 많이 남아있음을 알고 이 일이 바로 내 삶의 원천이며 보람이 되고 있다는 사실에 감사할 뿐입니다.

제3부

맨발로

이제 나는 더 늦기 전에
자연의 순리에 내 몸을 맡겨보고자 한다.
문명 이전의 상태로 돌아가
태곳적 인간으로 돌아가 보고 싶다.
건강도 기본에 충실할 때 찾을 수 있는 것이 아닐까.
꽃도 자연 속에 있을 때 더 아름답고,
새소리도 산속에서 더 맑게 들린다.
오늘도 나는 맨발로 걷는다.

맨발로

      지난달 산악회에서 앞산 자락길을 올랐을 때의 일이다. 봄에 때아닌 눈이 내려서 산중턱 위에는 눈이 쌓여 발이 빠질 정도였다. 한 회원이 맨발로 걸어가고 있었다. 우리는 발이 시리지 않으냐고 염려하면서 올라갔다. 그런데 그는 전혀 불편한 기색이 없었다. 오히려 내려오는 길에 골짜기 물에 발까지 씻었다.

  건강에 문제가 생긴 후부터 좋다는 것은 무엇이든 시도해 왔다. 하지만 맨발 걷기는 엄두가 나지 않았다. 어쩐지 불가능할 것 같았다. 자락길 이후 새벽에 집 앞에 있는 초등학교에 가서 맨발 걷기를 살짝 해봤다. 힘들면 그만둘 생각이었다. 그런데 발이 조금 따끔거리긴 하지만 거슬리지 않았다. 2, 3일이 지난 뒤 발바닥을 보니 작은 물집이 굵은 발가락 밑에 소복이 생겨있었다. 부작용이 생길까 걱정은 되었지만 시작한 김에 조금 더 실행해 보기로 했다. 아침에 일어나 발바닥을 살펴보았다. 신기한 일이었다. 물집이 흔적도 없이 사라졌다. 믿을 수 없어서 이번에는 가까운 곳에 있는 산에 맨발로 1시간 넘게 걸어보았다. 거뜬하게 걸을 수 있었다. 이젠 확신이 섰다. 기분도 좋고 잠도 훨씬 가볍게 잠들 수 있었다.

아스라한 추억 하나가 떠오른다. 유년 시절에 나는 몸이 허약해서 늘 보약을 달고 살았다. 초등학교에 다닐 때 다리를 절룩거려서 부모님 애를 태운 기억도 있다. 침을 잘 놓는다는 한의원에서 어른들이 내 몸을 꼭 붙잡고 대침을 놓은 적도 있었다. 무릎 사이에서 노란 물이 나오고 난 뒤 집으로 돌아왔다. 그 후로 아버지와 마을 뒷산에서 맨발로 매일 걸었다. 아버지는 다리에 근육이 붙으면 괜찮아진다고 말씀하셨다. 언젠가부터 바르게 걸을 수 있었다.

고향 마을 뒤에는 조문국 시대의 왕릉이 많이 있다. 조금 더 올라가면 목화씨를 붓대롱에 가져와서 우리나라에 심게 된 문익점 선생 기념 비석도 있다. 길은 붉은 황톳길이고 길섶에는 이름 모를 풀과 들꽃이 지천이었다. 아버지는 풀 이름과 꽃 이름들을 전설처럼 얘기해 주셨다. 그 시절 아버지의 젊고 자상했던 모습이 선명한 기억으로 떠올라 미소로 번진다.

발은 제2의 심장이라고 말한다. 맨발이 흙에 닿으면서 세로토닌이 분비되어 기분이 좋아진다고 한다. 뇌를 자극하고 오감을 일깨워 혈액순환이 잘된다. 아프리카의 마사이족은 매일 3만 보를 걸어 성인병과 자폐아가 없다고 한다. 서양의 유명한 철학자들도 전형적으로 걷는 인간들이었다. 아리스토텔레스도 제자들과 같이 걸으면서 대화했고, 칸트도 매일 같은 시간 같은, 장소를 걸었다고 한다. 대문호 괴테와 철학자 헤겔, 야스퍼스도 산책을 많이 했다. 아인슈타인도 연구소 근처를 맨발로 걷다가 '상대성 이론' 을 떠올렸다고 한다.

나는 어떤가? 지난날 여러 차례의 수술로 인한 후유증으로 겉보기에는 멀쩡해도 건강 상태는 문제가 한두 가지가 아니다. 허리는 비가 오거나 피곤하면 무거운 돌덩이를 달아둔 것처럼 아프고, 잠 못 이루는 날은 셀 수도 없다. 그뿐인가, 왼쪽 귀는 늘 기계음처럼 불편한 소리가 나서 밤낮으로 괴롭힌다. 여러 차례 검사와 유명하다는 곳은 많이 찾아가 보았지만 다 허사였다. 가는 곳마다 약과 치료법은 수도 없이 많지만, 효과는 전혀 없었다. 더는 안 되는구나. 우선 가지고 있는 장기라도 보호해서 삶이 끝날 때까지 무사하기를 비는 방법밖에 없었다.

이제 나는 더 늦기 전에 자연의 순리에 내 몸을 맡겨보고자 한다. 문명 이전의 상태로 돌아가 태곳적 인간으로 돌아가 보고 싶다. 건강도 기본에 충실할 때 찾을 수 있는 것이 아닐까. 꽃도 자연 속에 있을 때 더 아름답고, 새소리도 산속에서 더 맑게 들린다. 오늘도 나는 맨발로 걷는다.

일상에서

월요일이 돌아왔다. 아침이다. 왠지 컴컴한 분위기다. 혹시 비가 오는가. 창을 열어보고 싶지는 않다. 시간마다 느껴지는 묘한 기분을 그냥 있는 그대로 온전히 가지고 가고 싶다. 언제나 그랬듯이 우유 한 잔을 마셔본다. 또다시 베란다 쪽 문을 열고 다육식물들과 마주한다. 부지런하지 않아도 늘 살아있다는 이유로 다육식물을 좋아한다. 가끔 꽃도 피고 떨어진 이파리가 저절로 살아서 예쁜 모습을 보여주기도 하는 기특한 것들이다. 필요 없어 떨어진 곁가지 몇 개만 따주면 관리는 끝이다. 물도 한참을 잊고 있어도 된다. 오히려 부지런히 돌봐주면 죽는다. 이 얼마나 기특한 일인가.

다음은 훌라후프를 5분 정도 돌린다. 소파 밑단에 두 발을 걸고 눕는다. 그리고 윗몸일으키기 30번 정도 한다. 그런 저런 별 의식 없는 행동을 하고 나면 정신이 좀 맑아진다. 그러고는 아침을 준비한다. 아주 간단하게 한두 가지 반찬만 하면 된다. 남편이 나와서 수저를 놓는다. 컵 두 개에 물을 반 잔 정도 부어 둔다. 소찬을 하고 커피도 캡슐커피를 즐겨 마신다. 오늘은 날씨가 끄믈끄믈 한 것 같은데 골드 색깔로 먹자고 한다. 나쁘지 않다. 약간 진한 커피 향이 코끝을 스친다.

남편이 출근을 한다. 점심으로 준비한 작은 가방을 들고 먼저 나간다. "이따가 보자!" "그래요.", 우리가 잠시 따로 있겠다는 인사다. 서둘러 정리를 마친다. 이제야 밖을 본다. 앞에 보이는 학교 지붕에 물이 고여 있다. 비가 오는 듯하다. 우산을 챙겨서 집을 나선다. 빗속을 차를 몰아 나오는데 음악이 흐른다. 비가 오는 날과 어울리는 곡들이다. 혼자 있는 차 안이 카페도 아닌데 오붓하고 괜찮은 날이다. 그런데 뭔가 허전하다. 옆 의자에 놓인 가방에 손을 넣어보니 휴대폰이 없다. 이런! 충전기에 꽂아 두고 그냥 왔다.

차를 돌린다. 서두르고 싶지 않아서 그냥 천천히 간다. 집에 도착하니 텔레비전 앞에서 충전 중이다. 빼서 들고 나온다. 다시 집을 향해 다녀오겠다고 한다. 둘만 살아가니 집도 친구다. 대식구가 살아갈 땐 둘이 살아가는 사람이 부럽더니만 살아보니 별것도 아니다. 집에 있는 소품과도 혼잣말을 가끔 한다.

시간이 조금 지난 것 같은데 두류공원 주차장까지 왔다. 습관이 참 무섭다. 비가 와도 차가 즐비하다. 사람들은 별로 보이지 않는데 차만 꽉 차 있다. 그래도 언제나 내가 설 틈은 있다. 신발과 양말은 벗어두고 우산을 쓰고 산을 오른다. 풀잎에 수정 같은 물방울이 달려 있다. 소나무 껍질 사이에도 물을 머금어 흙냄새와 함께 기분 좋은 자연의 오묘한 향이 코를 실룩거리게 만든다.

비가 오니 산길은 온통 내 독차지다. 이름 모를 풀과도 흔적을 남겨본다. 소나무 향 짙은 옹이와도 남긴다. 그러다가 쪼르르 미끄러질 뻔했다. 운동신경이 조금은 있는지 넘어지진 않았다. 이 얼마나 기쁜 일인가. 웃음이 나와 크게 한 번 웃어 본다. 아무도 보는 사람도 없고 진 연둣빛 나무 이파리들과 풀들이 나를 보고 미소 짓는 듯해서 나도 싱긋 웃었다. 진흙 길은 혹시 미끄러질까 봐 낙엽을 밟고 걸어간다. 이 발바닥으로 느껴지는 자연과의 일치는 항상 나를 설레게 한다. 아무런 특별함이 없는 일상에서 나에게 기쁨을 준다. 몸이 가볍고 기분이 가뿐하다. 산까치 가족도 앉았다가 푸드덕 소리를 내며 날아간다. 고개를 들어보니 높은 나뭇가지에 까치집이 여러 채 지어져 있다.

한참을 즐기다 시간을 보니 벌써 한 시간이나 이러고 있었다. 천천히 내려온다. 우산 위에 떨어지는 빗소리도 경쾌하게 들린다. 흙이 묻어도 양말을 신고 근무지로 향한다. 다시 라디오에서 경제전문가들이 나와서 우리나라의 경제 돌아가는 것을 알려준다. 힘 들이지 않고도 알 수 있도록 다 말해준다. 가끔은 상식도 알려준다. 그저 들을 수 있는 시간이면 듣는다. 살아가는 중에 뜻하지 않은 기쁨이 틈틈이 있다. 돌아와 찬물에 발을 씻는다. 새 양말을 신고 점심도 한 술 뜨고 오후 근무에 들어간다. 늘 우린 교대 근무다. 각자 주어진 시간을 무리 없이 쓰는 것에 익숙해 있다.

계속 비가 온다. 기분을 약간 올려야겠다. 일어서서 PT 체조 30번을 세어가면서 뛴다. 몸이 열기가 오르니 가뿐해진다. 아령으로 기본 운동 몇 가지를 더 해본다. 스트레칭도 하고 다리도 끝까지 올리면서 몇 차례 뻗고 나니 마음이 차분해진다. 이제야 행복한 기분이 된다. 그래 이거야, 일상 중에 습관이 된 것들이 바로 내 것이고 바로 기쁨이구나. 늘 챙겨 먹는 건강식품까지 먹고 나니 완전히 만족이다. 밖을 바라보니 차들이 쉼 없이 달린다. 저녁이면 나도 달린다. 하루의 시작과 마무리는 집이다. 늘 똑같이 살아도 매일 기분은 다르게 다가온다.

특별하지 않아도 되는 날이 좋다. 올해로 결혼 40년이 된 지금에야 철이 드는 모양이다. 내 속의 나와 잘 조화를 이루어가는 시기다. 이 세상 모든 사람 앞에 시간은 똑같이 주어지지만 기쁜 시간으로 만들어 가는 것은 자신의 몫이다. 나는 이제 시간을 있는 그 자체로 만족하고 싶다. 길 위에서는 길 위대로 근무 중에는 다른 사람과 가장 편한 사람이 되고 싶다. 나 자신에게도 편한 사람이 되는 것이 소망이다.

삶 속의 옥시토신

　　지구상에서 누구에게나 평등한 것이 딱 하나 있다. 시간이다. 그러나 그 시간에 괴로움으로 몸부림도 쳐봤고, 미동도 없다고 느낄 때도 있었다. 지금 이 시각은 근무 중이다. 아니 혼자. 과거로 가볼 수 있는 시간은 혼자 있을 때이다. 출근길은 차가 막히는 시간인데 오늘은 바로 통과다. 이 작은 일에서 가슴이 시원함을 느낀다. 생각지도 않고 있을 때 갑자기 떠오른 한 문장이 또한 마음을 설레게 한다. 분주하게 출근 준비를 하다 보니 땀이 났는데 현관문을 나서니 엘리베이터 앞에서 약간의 시원한 바람이 잠시 볼을 스친다.

　옥시토신의 어원은 그리스어로 '일찍 태어난다' 인데 자궁수축호르몬이라고도 한다. 아이를 낳을 때 자궁의 민무늬 근육을 수축시켜 진통을 유발하여 분만을 쉽게 이루어지게 하며 젖의 분비를 촉진해 수유를 준비하는 호르몬이다. 평상시에도 분비되는데 이때는 사랑의 묘약으로 작용하여 친밀감을 느끼게도 한다. 산모가 아기에게 강한 정서적 유대감을 느끼는 것도 이 호르몬이며 여성이 남성에게 모성 본능을 느낄 때 옥시토신은 왕성히 분비된다고 한다.

그해 여름은 1994년 이후로 가장 무더운 해로 기록되었다. 우린 반전의 기회로 만들고 싶었다. 절전도 할 겸 가게의 전등을 싹다 교체하기로 했다. 견적부터 전문가에게 받아보았다. 생각보다 큰 비용이 들었다. 꼼꼼하게 전구 크기를 적어보니 5종류나 되었다. 우선 조명기구 전문업체를 알아냈다. 가격과 종류가 천차만별이다. 다시 현재 활용할 수 있는 방법을 알아본다. 처음에는 전면적으로 다 새로 해야 할 것 같았다. 그러나 알아볼수록 방법이 나왔다.

지인들에게 조언을 받았다. 뜻밖이었다. 쉬운 방법이 있었다. 면적도 넓어 보이도록 하고 활용도 또한 높일 수 있는 것이 없을까? 세부 배치도를 그려서 집에서도 짬짬이 연구를 거듭했다. 우린 일치점을 찾았다. 우선 활용할 수 있는 공간을 두 군데 발견했다. 살짝 뜯어보기로 했다. 전문가가 아니라서 혹시 더 큰 비용이 드는 것은 아닌지 걱정도 되었다. 하지만 열어보니 안에 새하얗게 칠이 완벽하게 되어 있었다. 탄력이 붙기 시작했다.

이젠 순서를 정하기로 했다. 먼저 전구부터 사왔다. 크기는 같은데 맞지 않아 실망스러웠다. 어! 이거 큰일이다. 멈출 수도 없고 고민이다. 그러다가 전구를 빼내 둘이서 들여다보고 퇴근도 몇 날 며칠을 미루고 연구했다. 이상한 힌트를 발견했다. 겉모양은 그대로 두고 속 자그마한 전구만 갈아서 연결해 보니 불이 왔다. 너무나 재미있었다. 마치 전문가가 된 기분이었다. 전구로 안되는 곳은 줄로 된 것으로 하고, 그림은 뒤로 빼 유리를 붙여서 투명접착제를 쏘아서 완벽하게 마무리했다.

탄력이 붙기 시작했다. 내친김에 칠도 하기로 했다. 페인트도 종류가 많았다. 붓과 페인트를 사고 휘발성이 있는 물체를 섞어서 칠까지 했다. 또 조금 어둡다고 생각했던 곳은 지인에게 부탁해 다시 뚫어 전기를 넣었다. 이제 완벽하다. 페인트가 쓰고 남았다. 집 베란다를 떠올린다. 그러다가 남편이 집에도 남은 것으로 칠하겠다고 한다. 좀 걱정이 되었지만, 탄력 붙은 기분을 망치고 싶지 않아서 그러자고 했다.

퇴근해 보니 생각보다 더 환하게 새 베란다로 변신해 있었다. 다음 정리는 내 차례다. 매장에는 디스플레이를 새로 하고 집은 배치를 다시 했다. 남들이 보면 정말 자잘한 것일 줄 알았는데 오는 고객마다 칭찬한다. 그해 여름 무더위에 우린 큰일을 해낸 것 같은 뿌듯함을 맛보았다. 바로 이런 기분이 삶 속의 옥시토신이 아닐까 싶다. 삶은 신비로 가득하다. 시간과 생각의 틈 사이에서 기쁨을 누릴 수 있는 묘약이 있다. 횡재한 기분이다. 돌아보니 생활 속에 옥시토신은 수없이 숨어 있다.

새벽

커튼을 연다. 아침 햇살이 나를 부른다. 창 너머로 들에 핀 코스모스가 손짓한다. 이슬이 촉촉하고 은은하게 반짝인다. 햇살과 이슬이 만들어낸 자주색과 노란색 코스모스를 나는 특히 좋아한다. 새초롬하게 서 있는 코스모스는 한 손으로는 새벽을 거머쥔 채 다른 한 손은 살랑살랑 흔들며 아침을 인사한다. 햇볕이 노동할 시간이 다가온 것이다. 이제 과일은 햇볕을 제 안에 받아들여 다디단 과즙을 만들고 곡식은 알갱이 한 알 한 알 알차게 영글게 할 것이다.

나는 언제부터인가 현재를 넘어 '불확실한 미래'를 생각하는 버릇이 생겼다. 아무것도 준비되지 않은 나에게 암이라는 날벼락이 떨어진 이후다. 불청객과 싸우느라 나의 온 체력이 모조리 소진되고 눈물도 말라버린 뒤에 생긴 습관이었다. 나만의 무기를 만들지 않으면 안 되었다. 불확실한 미래에 대비한 전투 준비라고나 할까.

혹 다시 정상인으로 일어설 때를 대비해서 지금 당장 할 수 있는 일을 찾아야만 했다. 암 병동에 누워있어야 했을 때는 얼굴 관리를 시작했다. 사람에게는 얼굴이 걸어 다니는 광고판이다. 어느 정도라도 활동할 수 있다면 맑고 생생하게 깨어있어야 한다. 나는 하루도 거르지 않고 피부 관리에 신경을 썼다. 주위에서 어떻게 생각하든 개의치 않았다. 혹자는 암 환자의 자기 관리에 대해 의아하게 생각할 수도 있었다. 그러나 나는 상관하지 않았다. 나의 얼굴은 온전히 나의 책임이었다.

치료 기간이 아닐 때도 긍정의 힘을 빌리고자 했다. 조금이라도 남아있는 나의 장점을 끄집어 내려 애썼다. 웃는 얼굴을 만들자. 꽃을 많이 보면 웃게 될까. 꽃꽂이를 배우기 시작했다. 꽃은 내 안에 숨어 있던 또 다른 향과 다른 감각을 일깨워 주는 듯했다.

컴퓨터는 세상과의 소통과 더불어 상상하지도 못했던 또 다른 세계로 나를 인도했다. 인문학의 세계였다. 관심을 가져 보니 생각했던 것보다 훨씬 흥미롭고 폭넓은 분야였다. 인문학적 소양이 삶을 윤택하게 해 주는 윤활유 역할을 해 주는 것을 그때까지 나는 모르고 있었다. 나는 왜 이 아름다운 것들을 외면하고 살았던가? 어린 시절과 가족들이 소중하게 떠올랐다. 또 다른 내가 보이기 시작하는 것이다.

중학생 때는 이른 새벽에 일어나 열차를 타고 대도시로 통학

했다. 요즈음과 달리 열차가 예정 시간보다 일찍 오기도 하고 늦게 나타나기도 하던 시절이었다. 우리는 기차를 놓칠세라 열차가 오는 방향을 향해 위험한 철둑길로 다녔다. 부산으로 가는 화물차가 지나가고 나면 우리가 타는 기차가 온다. 열차가 내뿜는 시베리아 바람보다 더 강한 바람을 피하고자 우리는 감옥같이 높은 철둑 벼랑에 납작 엎드려서 기차가 지나가기를 기다렸다. 비라도 내린 후면 온몸이 미끄러운 풀숲에 사정없이 내동댕이쳐져서 도랑으로 우르르 딸려 들어갈 뻔했던 적도 있었다. 졸업하는 선배들에게 얻은 검은 교복 치마가 흙과 풀물로 범벅이 되곤 했다. 생각해 보면 너무나 소중한 기억이라 저절로 미소가 나오는 추억이다.

가족들은 어땠을까? 건설업을 하셨던 아버지는 집을 비우는 일이 많았다. 우리는 외가와 가까이 살았다. 교회 종소리가 알람시계 노릇을 했다. 종이 울리면 엄마는 이른 새벽에 일어나 학교 가는 나를 위해 냄비밥을 했다. 지금도 쌀밥이 익어가는 냄새는 추억 속의 엄마가 된다. 양념장만 있어도 꿀맛 같았던 엄마의 냄비밥. 이제는 그 맛도 먼 나라로 길 떠난 지 오래다.

어둑어둑한 새벽을 헤치고 대문을 나서는 어린 나를 외삼촌이 동행했다. 아버지를 대신해서 보호자 역할을 자청한 것이었다. 별 보고 집을 나서 달 보며 귀가하는 조카를 위해 외삼촌은 느티나무같이 동구 밖에서 계셨다. 지금 그때의 그 일들을 얘기하면 외삼촌은 빙그레 웃으며,

"쪼끄만 게 새벽길을 잘도 다녔느니라." 하신다.

앞으로의 나의 새벽은 얼마나 남았을까? 그 독한 암을 이겨내고 쉰 줄을 훌쩍 넘긴 얼마 전 삼국유사 길을 그 옛날에 탔던 완행열차를 타고 간 적이 있었다. 대구에서 출발하여 영주까지 갔다가 되돌아오는, 기차에서 시작해서 기차로 끝이 나는 여행이었다. 차창 너머로 부모님이 잠들어 계신 산소가 보였다. 매일 아침 전화만 드려도 "보약 한 재"라고 하시던 아버지의 목소리가 그리움이 되어 객실 가득 녹아 있는 듯했다.

아버지의 새벽에서 그 많은 희망과 기쁨, 자식을 향한 소망들이 이제 다 사라져버린 것일까. 어둠이 걷힐 때의 놀라움은 세상의 중심에서 나를 거두어 자연 속에 스며들게 한다. 또한 그 순간은 어린 시절의 동심으로 돌아가 자연과의 교감에 몰입할 수 있는 유일한 시간이다.

고비苦悲와 성장成長

올 더위도 기록을 경신할 모양이다. 이런 날엔 아침부터 시간을 챙긴다. 사는 것이 늘 비슷하지만 다르다. 더울수록 아침 시간을 당긴다. 반대로 해본다. 물도 따뜻하게 마시고, 주스도 씹어 먹는다. 자전거도 식전에 타본다. 30분이 넘으면 온몸에 수분 반출을 빠르게 한다. 마지막 5분은 페달 속도를 올린다. 허리와 다리를 당기는 듯하고 옷이 흥건히 적셔지면 된다. 그러고는 훌라후프로 5분 정도 마무리하고 샤워하면 더위가 오히려 고마움이 된다. 그러면 아침 준비가 일이 아니고 놀이가 되기도 한다. 특별한 것은 없어도 매일 좀 다르다. 커피 한 잔까지 마시면 아침 행사는 끝나고 하루가 연속적으로 간다.

정리를 간단히 하고 작은 배낭에 물병 하나 들고 산으로 향한다. 앞산 입구에서 슬리퍼를 벗어 배낭에 넣고 솔숲으로 들어선다. 비 온 후 산은 소나무 향과 흙과 풀의 자연 향이 기분 좋게 코끝을 스친다. 오늘은 시간을 좀 넉넉하게 나에게 선물하고 싶어 정상으로 목표를 정해본다. 청소년수련원에서 시작해서 안일사 쪽으로 방향을 잡았다. 길은 가파르나 좀 더 숲이 아름답고 거대한 통일돌탑도 있다. 돌계단이 많아 더위와 맞싸우기엔 무리가 올까 살짝 염려는 되었지만 그대로 오르기로 했다. 살다가 보면 쉽게 풀리다가도 항상 고비가 있다. 요 지점만 오르면 평평하고, 대구 시내 전체를 내려다볼 탁 트인 정경을 상상하면서 오른다. 물을 한 모금 마시고 사과를 반쪽만 먹는다. 정상을 상상하면서 발을 내디딘다. 훨씬 가볍게 갈 수 있다.

뉴스에선 코로나 확진자 증가로 사회적 거리 두기를 2.5로 격상시키고 있다. 또 태풍 영향권에 드니 강한 바람과 집중호우를 예상한다는 안전 안내 문자가 하루에도 여러 번 날아든다. 태풍 바비, 마이삭도 지나가고, 또 하이선이 온다고 한다. 이번엔 바다의 신 이름이라고 하니 제발 좀 무사히 지나가기를 빌어본다. 벌써 8개월째 코로나와 전쟁 중이다. 이젠 우리가 익숙해져 가고 있다.

우리 인간들이 대책을 세운다고 백신 개발 등에 세계가 난리이지만, 세균은 더 빨리 변종이 계속해서 나온다. 눈에 보이지도 않고 손에 잡히지도 않는 균에게 세계 인간들이 벌벌 떨고 있다. 나도 떨고 있다. 아이들과 손자를 걱정했더니, 제일 위험군은 엄마, 아빠라면서 저들이 더 걱정한다. 우리가 위험군인 걸 나만 인식하지 못했다. 주변에 아무도 아픔을 겪지 않을 때 외로움 속에서도 작은 습관부터 바꾸어 나갔을 뿐인데 점점 제자리로 돌아왔다. 우리 앞에는 항상 기쁨과 슬픔, 시련과 극복 과제와 도전, 고난과 고비가 있다. 어차피 앞에 이미 창궐한 일이면 그 어떤 권력도 비껴갈 수 없다. 모든 일은 아주 작게 쪼갤수록 간단해진다. 그리고 할 수 있다. 견디고, 버티고, 도전을 멈추지만 않으면 할 수 있다.

연일 36도를 넘어가고 있는데 갑자기 에어컨이 반란을 일으킨다. 수리 센터에 연락해도 20일이 넘어야 올 수 있다고 한다. 일반 기술자를 동원해 봐도 깜깜하다. 요즘 같은 시대에 그것도 초일류 기업이라는 LG 서비스가 하는 답변이다. 이성으로 감정을 조절할 수 없다. 머리가 당기고 가슴이 답답하다. 남편은 얼음물을 벌컥벌컥 들이켠다. 시원하지 않다. 그저 속만 탈 뿐이다. 집에 선풍기를 가져가고 얼음 넣어서 쓰는 얼음물 냉풍기도 돌리고, 공기청정기도 좀 더 높인다. 출입문은 열어둔다. 도로에 소음이 너무 심하다. 바로 옆에 소방서가 있어서 더 시끄럽다. 이동식 에어컨이 있어서 임시방편으로 사기 위해 갔지만, 공기구멍을 뚫어야 한다.

실내장식 구조상 안 되는 일이다. 또 다른 전문가를 불렀다. 이번엔 점검 결과 실외기와 실내기 간에 호환되는 부품이 고장이란 것을 알아냈다. 그런데 최신형이라 부품이 회사에밖에 없다는 것이다. 꼼짝없이 본사 출장을 기다릴 수밖에 다른 방도가 없다. 다시 인터넷으로 출장 접수를 하면서 고장 난 부품과 제품명을 넣으니 6일 정도 빠르다. 그러면서 오후 6시가 되었다. 참 신기하게도 적응이 좀 된다. 나도 모르는 사이에 컴퓨터 앞에 앉아 글을 쓰고 있다. 마음이 조금씩 안정이 된다. 태도가 바뀌어 습관처럼 문자와 놀고 있다. 평소엔 온종일 에어컨 바람 때문에 저녁엔 머리가 아프다고 했었는데, 에어컨이 멈추니 머리에 쥐가 난다.

산길을 내려오는데 '엥' 소리가 귀에 거슬린다. 어느새 모기 한 놈이 팔꿈치에 흠을 내면서 알려주고 갔다. 괘씸한 놈, 잡히기만 하면 살려두기는 어렵다. 그런데 무슨 수로 그놈을 찾는다는 말인가. 포기하고 말았다. 그래도 모기란 놈은 알리기라도 하지, 코로나는 보이지도 않고 소리도 없다. 세계의 건장하거나, 유명하거나, 고관대작인 사람이라도 그놈을 잡기는 쉽지 않다. 결국 살아간다는 것은 경험하고 견디고 해법을 찾는 과정의 연속이다. 아무리 큰일도 단순화시키고 꼼꼼하게 해야 해결이 된다. 지난밤엔 오랜만에 푹 잤다. 에어컨을 틀지 못하니 몸은 더 가볍고 머리가 맑다. 힘든 숙제를 다 마쳤을 때처럼 가벼운 마음이다.

숨 고르기

　　인생은 셀프다. 여행은 시간이 갈수록 스스로
할 수 있어야겠다. 그동안은 여행사를 통해서 가니 시간에 쫓기
는 것을 아쉽게 생각했던 참이다. 항공권 구매도 자유로 하니 편
하고 조용하다. 시간 맞춰 차량 대여도 해놓았다. 처음 하는 것이
라 신중해야 한다. 비용과 또 늘 사용하던 차와 같은 차종으로 해
본다. 아직은 익숙함이 편할 것 같다. 머무르는 곳은 마음에 딱
맞아야 한다. 바다가 보이고 조용하고 분위기가 있고 경치가 아
름다운 곳을 찾는다.

　며칠 동안 찾은 끝에 동네도 조용하고 뷰가 아름다운 곳을 예
약해 뒀다. 따로 또 같이 하는 여행이라 기쁨이 더 크다. 몇 달을
보내고 갈 날이 되었다. 공항에 도착하니 회사별로 차량이 준비
되어 있었다. 차량기지에서 계약증만 내니 바로 차를 인도받았
다. 네이버 지도를 따라 우리가 예약한 펜션 '해일월'로 향한다.

처음으로 타지에서 남편과 둘이 아름다운 제주도를 가로지르며 달리니 새로운 기분이다. 젊은 시절에 하지 못했던 일을 지금 시작해본다. 일주일 전에 와있던 딸 가족이 오늘부터는 우리와 합류하고 다니는 것은 각자 한다. 도착해서 골목에 들어서니 같은 이름으로 두 채가 있다. 우리는 바다 쪽 농가 주택을 고쳐서 제주 바다를 앞마당으로 쓰고 있는 독채를 빌렸다. 골목부터 돌담으로 꾸며져 있고 집 뒷면이 보이고 바다는 보이지 않았다. 길섶에 분홍무늬 패랭이, 톱풀, 붉은토끼풀도 옹기종기 파란 하늘과 대비되어 더 정겹다. 집 안으로 들어서니 앞마당이 나타나면서 탁 트인 바다가 바로 눈에 들어온다.

딸과 둘이서 장을 봐서 들어갔다. 바비큐 할 재료와 맥주와 과일, 야채들을 샀다. 남편과 사위가 숯불을 피워놓고 있어서 바로 제주도의 푸른 바다와 석양을 바라보면서 저녁을 먹을 수 있었다. 두 손자의 재롱도 보고 개와 고양이도 함께 낯설어하지 않는다. 마치 가족인 양 아이들과 잘 놀기까지 한다. 멀리 지평선 쪽으로 석양이 붉게 타오르고 가끔 배들이 오간다. 오징어잡이 배는 배 전체가 조명이다. 돌담 사이로 난 길은 바다로 바로 연결되어 있다. 다슬기와 해초가 그대로 물속에서 파도 따라 넘실거렸지만 밖에서 같이 놀았다. 밤에는 딸 내외와 넷이서 카드 게임을 하기로 했다. 사위는 분위기를 맞춘다고 칵테일 한 잔을 만들어준다. 맥주를 마시면서 편을 갈라서 한다. 두 번 내리 져서 팀을 바꿨다. 부녀가 한 팀, 나와 사위가 팀이 되었다. 그랬더니 그것도 게임이라 승부가 치열했다. 밤늦도록 하다 보니 잠 시간을 놓쳐도 그냥 했다. 게임이 이렇게 재미있을 줄 몰랐다. 내일 점심 내기를 했다. 지금 생각해 보니 아이들이 우리에게 맞추어 준 것 같다. 다음 날 아침은 사위가 오므라이스를 해줬다. 그 재미도 쏠쏠하다. 아이들이 결혼해서 가정을 이루어 사니 이젠 우리가 배려받는 때가 되었다.

다음 날은 아이들과 함덕해수욕장에서 수영하고 딸과 카페에서 여유를 부려본다. 점심은 같이하고 우리는 성산일출봉으로 향했다. 길이 험해서 아이들은 놀이공원으로 가고 따로 가기로 한다. 성산포로 가는 길은 바다를 끼고 돌아서 성산일출봉 매표소 앞까지 차가 올라갔다. 나는 신을 벗었다. 이 좋은 공기와 아름다운 산길을 있는 그대로 느끼고 싶다. 오르면서 힘은 들었지만 뒤돌아보면 환상적인 바다와 마을의 조화는 그대로 그림이 된다. 정상에 올라오니 날씨가 맑아서 아기자기한 집들이 옹기종기 모여 있는 모습이 귀엽기까지 하다. 하늘과 바다와 마을의 조화가 멋진 풍경이다. 길이 험해 고생은 했지만 아직은 충분한 체력이 된다. 분화구는 환경보호를 위해 안에는 들어갈 수 없다. 내려오는 길에 산기슭 사이로 바라보이는 노을이 너무 아름다워서 앉아서 한참을 바라다본다. 우리가 벌써 저 노을이네 하고 남편이 내 손을 잡는다.

가파른 길을 따라 내려오니 빨간 지붕 집이 보인다. '해녀의 집'인데 해녀들이 각종 해산물을 파는 곳이다. 싱싱한 해산물을 야식으로 하고 싶어서 샀다. 저녁은 아이들과 만나기로 한 장소로 간다. 타지에서 따로 또 같이해 보니 재미가 있다. 성산포 통마리 갈치 요리를 먹기 위해 이번엔 아이들이 우리를 찾아와야 한다. 제주도는 어디를 가나 탁 트인 바다를 즐길 수 있다. 맛있고 멋도 있는 곳을 정해 아이들을 불렀다. 손자들은 오후 시간에 무엇을 하고 놀았는지 우리에게 알리느라 바쁘다. 재미나게 바다 수영을 한 얘기를 어쩜 그리도 신나게 하는지 나도 덩달아 신이 난다. 아이들은 머나먼 곳에 살고 있지만 한 번씩 시간을 조율하면 더 진한 재미를 준다.

살아가면서 할 수 있는 것을 해야 한다. 삶이 어디 계획대로만 되는 일이던가. 제주도의 붉은 노을이 떠오른다. 다시 여행은 갈수 있을까. 답답한 코로나가 우리의 삶을 송두리째 흔들고 있지만 견뎌내야 한다. 지금 우리에게 주어진 현실에 적응해야 한다. 달빛 품은 블루 위스키 한 잔이 생각난다. 아침 이슬 맺힌 나팔꽃처럼 생기 도는 날이 좋다. 사는 맛도 바로 숨 고르기 기술이다.

맨발 1002번의 힘

발이 사랑스럽다. 아침이면 특별한 것 없어도 설렌다. 매일 숲길을 걸을 수 있는 특혜를 누린다. 오늘로 1002번째 맨발 산책을 하는 날이다. 나에게 뭔가 선물을 해야 할 것 같다. 출근길에 다시 차를 돌린다. 지금 나에게 격려와 칭찬을 할 시간이다. 특별하지 않아도 두 가지를 사서 '고맙고, 사랑스러워'라고 말하고 포장까지 예쁘게 해서 왔다.

2017년 늦은 봄 앞산에서 시작한 걸음이다. 처음 100일은 참고 견디는 마음으로 걸었다. 발이 부드러워지고 머리가 맑아지는 기분이다. 발바닥이 아파서 병원도 다니고 찜질도 했지만 다 허사였다. 그런데 잊고 있었는데 어느 날 아프지 않았다. 주변에 자연들이 보이기 시작했다. 매일 같은 곳을 가지만 늘 달랐다. 하늘에 구름도 시시각각 흘러가는 모습이 달랐다. 정원의 꽃들도 하루하루 다른 모습 다른 아름다움이 있다. 아파트는 삭막하게 생각하는 사람들이 많은데 전혀 다르다. 석류, 살구, 느티나무, 등나무, 대추나무, 접시꽃, 능소화, 금잔화, 목단, 작약, 날마다 계절마다 다투어 피고 지고 열매 맺고 낙엽 되어 떨어지고를 반복한다.

200일이 지나니 나 자신에게 믿음이 생겼다. 혼자 걸으며 수없이 질문하고 대답한다. 참 재미있다. 오늘 뭘 할까? 이루고 싶은 소원이 뭔지? 무엇을 하면 행복할까? 끝없이 질문하고 대답하고 기록해 본다. 점점 구체화되기 시작했다. 우선 매일 시를 한 편씩 읽어보고 싶었다. 아! 신기한 일이 벌어졌다. 1시간 넘게 반복하니 글로 쓸 수 있게 되었다. 점점 좋아하는 시를 찾아보게 되었다. 시는 삶을 함축해 놓은 언어다. 나도 모르게 그 말이 머리에 남아서 미소 짓게 했다. 300차가 넘으니 뭔가 도전하고 싶은 생각이 머리에 뱅뱅 돌았다. 목록을 적어보았다. 다 적고 나니 의외의 것도 나왔다.

심리를 알아보고 싶었다. 미술 심리를 공부하게 되어 자격증까지 2가지를 따게 되었다. 그러면서 500차를 넘기니 정리하는 방법이 궁금했다. 그것은 2개월이면 충분했다. 600차를 넘겼을 때 구체적으로 내 몸을 점검해 보고 싶었다. 건강검진에 항목을 다 넣어 확실하게 변화된 모습을 증명해 보았다. 검진 결과 전체적인 건강 상태와 혈류 흐름이 5년 전보다 좋아져 혈관 나이가 10년 젊게 나왔다. 근육이 상체, 복근, 하체 거의 비슷하게 자리 잡았다. 발이 아치가 없는 평발이었는데 아치가 생겼다. 이젠 동네 산이 아닌 등산을 해봐야겠다는 생각이 들었다. 비 오는 설악

산을 남편은 등산화에 완전 무장을 하고 나는 간단하게 맨발로 갔다. 5시간 완주했다. 거뜬했다. 정상에서 내려다보니 온 세상을 다 가진 것 같은 황홀감이 나를 행복하게 했다.

800차를 넘기면서 또 다른 것을 하고 싶었다. IT 시대에 맞는 공부를 더 하고 싶었다. 전문가 섭외를 해서 줌으로 일주일에 한 번씩 배우고 익혔다. 900차가 되었을 때는 프레젠테이션을 할 수 있게 되었다. 공부는 나이와 아무런 상관이 없다. 생각에서 실천으로 행동으로 옮기면 아무런 문제가 없다. 유튜브도 할 수 있게 되었다. 여러 번의 수술을 한 내 몸이 건강해지면서 기분이 즐거우니 자꾸만 자꾸만 새로운 세계가 보인다. 문득 어린 시절 좋아했던 스케치를 하고 싶어졌다. 이번엔 인물 연필 스케치를 시작한 지 6개월 만에 세 작품을 전시할 기회를 가졌다. 1,000일을 넘기면서 3년을 넘기고 4년에 접어든 맨발 걷기가 나에겐 삶의 에너지원이 되었다.

전국 맨발 벗들로부터 많은 축하 인사를 받았다. 아파트 산책로를 걷고 집으로 향하는데 난데없이 비둘기가 떼 지어 앞을 가린다. 하도 신기해서 영상으로 남겼다. 주변에 비둘기 집도 보이지 않는데 어디서 이렇게 많은 비둘기가 날아들었을까? 미물인 비둘기도 나에게 축하를 하는 듯했다. 콧등이 찡했다. 사소한 반복의 힘이 나에겐 삶을 다지는 다짐이 되었다. 고마운 습관은 어렵지 않게 세상의 끝자락까지 아름답게 동행하리라.

통곡과 은총 사이

　　5월 중순 어느 날 새벽, 일찍 일어나게 되었다. 그즈음 들어 방송마다 조기 검진 열풍이라서 내친김에 지인이 운영하는 병원에 전화했다. 갑상샘과 유방암 검진을 받아보고 싶다고 했다. 선뜻 시간을 잡아 놓겠다고 편한 시간에 오라고 한다. 서둘러 준비해 병원으로 가 검사했다. 유방 검사는 꽤 고통스러웠다. 다음으로 목을 검사했다. 유방은 치밀 유방으로 검사할 때 아팠지만 괜찮았고, 갑상샘은 조직검사를 해야겠다고 한다. 바짝 긴장되었다.

　며칠 후 병원으로부터 연락이 왔다. 내방해 달라는 것이다. 심상치 않았지만 애써 태연한 척 집을 나섰다. 남편은 벌써 얼굴에 근심이 서려있다. 병원에 도착해 차례가 되어 들어가니 갑상샘에 악성종양이 보인다는 소견과 함께 수술 날을 잡는 것이 좋겠다고 한다. 이제 건강은 다 회복되었다고 간신히 마음을 놓고 있었는데 또다시 수술해야 한다니 어이가 없었다. 가슴속엔 통곡만이 필요한 듯 숨이 멎는 것 같았다. 중앙로를 거쳐 명덕로를 따라 집으로 돌아오는데 시간이 얼마나 지났는지 익숙한 골목이 눈앞에 있었다. 정신이 번쩍 들었다. 마음을 다잡자. 나는 엄마다, 나는 아내다. 애써 태연한 모습으로 남편과 마주했다. 이번은 간단하니 몸살감기라 생각하고 며칠 휴가 다녀온다고 생각해요. 말은 쉽게 했지만 내 가슴은 이 우주의 어느 한 곳에도 마음 둘 곳이 없었다.

다시 국립암센터로 연락해서 날짜를 정했다. 여러 번 경험으로 면역이 생길 만도 한데 두려움은 걱정에 정비례하는 것 같았다. 지난번에는 더 큰 수술도 얼떨결에 다 해냈고 회복도 했다. 지금 이 작은 수술은 그저 짧은 여행 한 번 다녀온다 생각하자. 아픔도 여러 차례 겪으니 죄인이 된 듯했다. 일주일 만에 날이 잡혔다. 이번에는 우리 식구들을 덜 괴롭히고 싶었다. 혼자 가고 싶었다. 집을 비워야 해서 시부모님께는 간단한 수술이니 혼자 다녀오겠다고 말씀드렸다. 집을 떠나 식구들이 없는 곳에서 실컷 통곡이라도 한 번 하고 나면 속이 후련할 것 같았다. 결혼과 더불어 식구도 많았지만, 부부가 함께 일을 하다 보니 남몰래 한번 실컷 울어보고 싶을 때 울 자리가 없었다.

6월 초입에 아들과 함께 집을 나섰다. 복학생인 아들이 엄마를 보호하겠다고 나선 터였다. 아들과 둘이서 하는 열차 여행은 처음이다. 옆자리에서 아들이 "엄마 많이 걱정되세요?" 한다. "아니, 아들과 오랜만에 여행하니 기분이 들뜬 것 같아." 하고 대답했다. 거짓이기도 하고 진심이기도 한 내 마음이었다.

병원에 도착해서도 아들은 세심하게 엄마를 배려했다. 마음은 든든했지만 이런 이유로 보호자를 만들고 싶지는 않았다. 아무리 혼자 가겠다고 해도 통하지 않을 것 같아 응하긴 했지만, 수술 전야에 병원에서 하는 각서까지는 시키고 싶지 않았다. 고민에 고민을 거듭했다. 그러던 중 마침 서울에서 근무 중이던 딸에게서 연락이 왔다. 저녁에 병원에 오겠다고 한다. 퇴근해서 병원으로 온 딸에게 아들과 같이 오늘 저녁 맛있는 것 사먹고, 내일 아침에 오라고 당부했다. 애써 밝은 얼굴로 부탁했다. 아이들은 나의 밝은 부탁을 그대로 들어주었다.

밤이 되자 병실로 연락이 왔다. 사전에 주의 사항과 약정이 필요하니 보호자가 있어야 한다는 것이다. 나는 간청을 했다. 이미 여러 번 수술 경험이 있고 내 아이들에게는 이 위험에 대한 서약을 보일 수 없다고 떼를 쓴 셈이다. 겨우 그렇게 하기로 하고 모든 위험에도 전혀 이의를 제기하지 않는다는 서약을 한 후 병실로 돌아왔다.

밤 10시가 넘어서니 이젠 간호사들의 출입도 없을 것 같았다. 나는 낮에 봐 두었던 병원 뒷산으로 올라갔다. 풀꽃 향기와 달빛으로 병실의 분위기와는 달리 한적한 독무대가 펼쳐진 기분이 들었다. 사람들이 사라지고 간혹 비둘기만 야릇한 소리를 낼 뿐이었다.

옅은 어둠 속으로 빠져들었다. 달빛과 어우러진 어둠은 나를 위해 마련된 혼자만의 통곡의 자리로 충분했다. 결혼 후 많은 식구를 감당할 수 없어 울고 싶을 때도 많았다. 신장암 말기 수술을 받고 서럽고 괴롭고 절망스러울 때도 실컷 울어보지 못했다. 병원 잘못으로 척추 4, 5번 뼈가 부러져 퇴원 후 걸을 수 없어 다시 입원했을 때도 걱정하는 가족들 앞에서 울 수 없었다. 그 한참 뒤에 척추 수술로 고통이 심해 삶을 지탱하기 힘들었을 때도 마음껏 울어볼 자리를 갖지 못했었다. 시부모님과 함께 살아 집에서 좀 쉬고 싶은 날에도 잠시 차 안에서 쉬는 것으로 피로를 풀었다. 나의 알량한 자존심이었는지는 알 수 없다. 그 누구에게도 아픈 모습을 보이고 싶지 않았다. 그래서인지 내 주변 사람들은 내가 수술만 하고 나면 산뜻하게 회복한다고 한다.

나는 울고 또 울었다. 꺼이꺼이 멈춰지지 않았다. 몇 시간이 지났는지 사방이 쥐 죽은 듯 조용했다. 두려운 생각과 함께 한기가 온몸을 휘감는 듯 현기증이 났다. 하늘을 쳐다봤다. 달빛과 수은등만이 외롭고 쓸쓸한 내 마음을 아는 듯 포근하게 느껴졌다. 왠지 속이 시원해졌고 뻥 뚫어진 기분이 들었다. 화장실에 들러서 얼굴을 대충 씻고 거울을 봤다. 나를 보고 웃어도 본다. 마음이 한결 편해졌다.

병실로 돌아오니 다른 환자들은 잠이 들었는지 간간이 숨소리만 들린다. 나도 잠을 청해 본다. 내일 첫 번째가 내 수술 차례다. 그러나 밤새도록 잠은 오지 않고 이런저런 생각들로 밤을 꼬박 보냈다. 이른 새벽이 되니 수술 준비팀이 왔다. 나는 이름과 병명, 나이 등이 적혀 있는 팔찌를 끼고 수술실로 향했다. 아들과 딸이 헐레벌떡 도착했다. 나를 바라보며 아들과 딸은 애써 웃으며 "엄마 파이팅! 파이팅!" 하고 외친다.

잠시 후 적막한 수술대에 양팔과 다리를 고정하는 듯했다. 취한 듯 눈을 감았다. 마취 상태에서 나는 교황님을 만났다. 요한 바오로 2세 교황님을 영국에 있는 큰 성당에서 만났다. 교황님은 손수 나오셔서 앞줄 세 줄은 우리 교포들이라고 소개를 해주셨다. 그리고 교황님이 집전하시는 미사를 마쳤다. 마치자마자 교황님이 다시 나에게로 오셨다. 이번에는 계단으로 올라가자고 하셨다. 그곳에는 청년성가대가 있었다. 거기에서도 나를 소개해주셨다. 그러고는 곧 파티가 있다는 안내 방송이 들리는데 그곳에는 가지 않았다.

나는 밖으로 나왔다. 교황님과 함께 걸어 나오는 곳은 수백 년은 된 듯 보이는 수목원 같기도 하고 경이로운 풍경이었다. 고목들 사이사이로 너무나 아름다운 이름 모를 수많은 꽃이 환호하는 그 꽃길을 나는 교황님께 꽃 이름을 묻고 대답하면서 끝없이 긴 거리를 걸었다. 마치 천국 같다고 생각하면서 행복한 기분으로 걸어 나오고 있었다. 그때 누군가 내 이름을 부르는 소리가 희미하게 들렸다. 취한 듯 잠에서 깨어나니 벽시계는 10시 반을 향하고 있었다. 하얀 벽과 수술기기들이 눈에 들어왔다. 수술받는 동안에 나는 꿈을 꾼 것이었다.

수술 후 예상 외로 회복도 빠르고 기분도 좋았다. 마치 천당에라도 다녀온 듯 눈만 감으면 교황님과 함께 걸었던 그곳이 아름답게 펼쳐지면서 행복해진다. 나는 생각해 본다. 그것이 바로 통곡이 평화로 가는 길목이었구나. 이런 것이 바로 은총이었구나.

신발 한 짝

　　애착이 가는 물건이 있다. 신발은 땅을 딛고 서거나 걸을 때 쓰는 물건이다. 그러나 나에게는 특별한 의미가 된다. 지금까지 살아오는 동안 얼마나 많은 신발이 내 발을 보관하고 보호하다가 떠났을까? 닳아서 혹은 잃어버려서 아니면 싫증이 나서다. 흰 고무신, 운동화, 꽃 장화, 단화, 힐, 등산화, 부츠 등 참 많은 신과 동행했었다.

　사람마다 좋아하는 것이 다르지만, 내가 좋아하는 것은 신발이 으뜸이다. 예쁜 모양도 좋지만, 내 평발에 부담이 되지 않는 신발이 첫 번째 조건이다. 신발에 얽힌 속담들이 깊은 의미가 있다. "누군가를 평가하려면 먼저 그 사람의 신발을 신어 보아라" "좋은 신발은 좋은 곳에 데려다준다" "짚신도 제 짝이 있다" 초등학교 들어가기 전에 나는 다리가 아파 절룩거린 기억이 난다. 부모님이 걱정을 많이 하셨고 몸도 허약해 늘 보약을 달고 살았다. 그때 아버지가 자주 업고 가서 사람들이 뜸한 공터에서 맨발로 걷게 한 기억이 가끔 나서 그리움이 되곤 한다. 다리에 근육이 붙으면 쉽게 걸을 수 있다고 하시곤 했다. 그래서인지 정확하게는 모르겠지만 어느 날부터 다리가 아프지 않아서 똑바로 걸을 수 있게 되었다.

여중을 다닐 때는 기차로 통학했다. 60년대라 기차가 석탄 연료로 갈 때였다. 읍내에 있는 학교에 다녔으므로 유학을 한 셈이다. 새벽 교회 종소리가 나면 엄마가 연탄불에 냄비밥을 해서 양념간장에 비벼 주곤 했었다. 앞집에 여고에 다니는 언니가 있어서 같이 30분 정도 걸어서 기차역에 갔었다. 한 번은 기차가 빨리 출발해서 서서히 역을 빠져나오고 있었다. 우리들은 빨리 가기 위해 기찻길로 갔다. 새벽 어두컴컴한 철길을 걸어오는 우리들을 보고 서서히 운행해서 기관사 아저씨가 기관실 문을 열어주셨다. 13살 여중 1학년이 타기엔 기관실 문이 너무나 높았다. 부기관사 아저씨가 당겨주셨는데 그만 운동화 한 짝이 기찻길로 떨어진 채로 출발하게 되었다. 석탄을 넣어가면서 운행하는 꽥차(소리 때문이라고 생각함)라고도 했다. 삽으로 큰 송편 모양으로 생긴 석탄을 넣을 때는 불꽃이 퍽 일면서 흰 교복 깃에 새까맣게 점점이 석탄 가루가 박혔다. 우린 신기하기도 하고 고맙기도 했다. 내성적인 성격의 어린 나는 온통 떨어져 있을 운동화 한 짝에만 마음이 정지되어 있었다. 할 수 없이 용기를 내서 얘기했더니, 아저씨는 예비로 보관해 둔 슬리퍼를 나에게 주셨다. 정말 고마웠지만, 한편으로 부끄럽기도 해서 겨우 인사만 했다.

눈이 오는 추운 겨울이었는데 슬리퍼를 신고 학교에 갔다. 용돈으로는 새로 운동화를 살 수도 없었다. 다음 날 아버지와 같이 가서 등교하기 전에 겨우 살 수 있었다. 한참 지난 뒤 봄이 왔다. 우리 과수원이 있는 곳을 가기 위해서는 철둑 길을 지나야 했다. 사과 농사를 위해 가지도 치고 흙도 돋우는 일을 해야 했다. 봄에는 일이 많아서 늘 저녁때까지 서둘러 하는 것 같았다. 뜬금없이 아버지께 잃어버린 신발이 궁금하다고 말씀드렸다. 나무라지 않고 가보자고 하셨다. 기차가 출발한 곳부터 탔던 곳으로 생각되는 곳을 샅샅이 살펴보았다. 철쭉 아래 풀숲 사이에 바래진 운동화 한 짝이 있었다.

아버지가 하늘을 쳐다보시면서 오늘 일은 신발 한 짝이 훔쳐가 버렸네 하시면서 웃으셨다. 하루 일을 거의 하지 못하고 찾은 신발을 가지고 와서 깨끗하게 씻어 짝을 맞춰 가지런히 놓았다. 빛바랜 한 짝은 집에 있던 한 짝과는 달리 일그러진 채 제 모습으로 돌아오지 않았다. 부모님은 이젠 버리자고 했다. 나는 그 운동화와의 이별이 오래도록 남았다. 요즈음은 신발도 흔해서 한 사람이 몇 켤레씩 갖고 있지만, 그 시절에는 운동화 한 켤레가 전부였다.

성인이 되어 신발을 늘 여러 개 준비해 놓는 것이 그때의 트라우마였을까? 좋아하는 끈 모양을 마음대로 살 수 있게도 되었다. 삶의 언덕길 따라 솔바람 같은 선한 아버지가 있다.

벚꽃 엔딩

벚꽃이 지고 있다. 해마다 두류공원 둘레길 벚꽃이 지고 나면 2주쯤 지나 팔공산 벚꽃이 지기 시작한다. 퇴근 후 바람도 쏘일 겸 팔공산을 한 바퀴 돌았다. 그날 산속 달빛에 비친 벚꽃길이 아름답다고 남편에게 몇 번이나 얘기했다. 어렵지도 않은 것을 좋아한다면서 함께 가기로 약속했다. 불로동을 지나 팔공로로 접어드니 벚꽃이 꽃비처럼 떨어지고 있다. 때를 딱 맞춘 셈이다. 새 도로가 생겨서 약간 헷갈리기도 해서 내비게이션에 도움을 청한다. 꽃 송이송이 사이로 지난날이 불현듯 스친다.

초등학교 3, 4학년 무렵이었다. 해마다 봄이 오면 전라도에서 대소쿠리를 머리에 이고 팔러 온 아주머니가 있었다. 지난여름 수해로 먹고살기가 어려워 대소쿠리 장사를 한다고 했다. 그 아줌마는 사주도 봐주고 손금도 봐주었는데 보리쌀이나 곡식으로

값을 지불했다. 나는 외할머니와 같이 있었다. 아주머니가 어린 나의 사주를 봐주었는데 '용띠 9월생' 과는 절대 결혼하면 안 된다고 했다. 해결하는 방법으로 엄마와 외할머니와 자정에 갱빈(냇가)에 의식을 치르기 위해 가야 하는데 외삼촌이 남포등을 켜서 보호자로 나섰다. 기억으로는 북어와 과일과 부엌칼을 가지고 외할머니가 앞장을 서신 것이었다.

나는 무서워서 외삼촌 등에 업혀서 갔다. 물이 흐르는 냇가에 도착했을 때 엄마가 치마를 나에게 덮어씌웠다. 그리고 다음은 외할머니가 무엇엔가에 빌고 칼로 나에게서 문제의 용띠 9월생과의 인연을 끊어내는 의식을 치렀다. 달은 밝고 부엉이 소리가 이따금 들리고 물소리가 요란했다. 으스스한 깊은 밤에 의식을 마치고 집으로 돌아왔다. 그때는 너무 어려 아무것도 몰랐다. 시간이 흐르고 혼기가 다가오자 엄마가 내 손을 잡고 다짐했다.

"누구를 사귀더라도 꼭 먼저 엄마에게 말해야 한다."

'용띠 9월생 불가' 를 상기시키는 것이었다. 당부에 당부를 거듭했다. 나는 고개를 끄덕였다. 그게 뭐 어려운 일이라고! 많고 많은 사람 중에 하필이면 '용띠 9월생' 을?

그런데 하필이면 나는 '용띠 9월생' 을 만나고야 말았다. 누구의 소개도 아닌 우연한 만남이었다. 인연이란 이런 것일까. 서로가 아무런 준비도 없이 만났다. 처음 만났을 때부터 오랫동안 알고 지냈던 것 같았다.

20대의 나는 무엇이든 할 수 있다는 자신감이 있었다. 내 미래에 어려움 같은 것은 마음속에 없었다. 드디어 용띠 9월생과 결혼을 결심했을 때도 나는 아무것도 걱정하지 않았다. 엄마의 걱정은 이해하기 어려웠다. 당시에는 그냥 웃어넘길 정도의 미신이라 생각했다. 약혼식 날 엄마는 "네가 단단히 각오하거라." 다짐하듯 말씀하셨다.

세월이 흐르고 나이를 먹고 보니 운명은 정해진 것이 아닐까 하는 생각이 든다. 이 거대한 우주 공간에서 남편과 내가 어떻게 이렇게 만날 수가 있는지 신기하다. 팔공로 벚꽃은 우리가 처음 만났던 그날처럼 흩날리고 있다. 분위기도 좋고 깨끗한 곳을 찾아 점심을 먹고 집으로 향하는데 거리는 연녹색의 잎들이 햇빛 속에서 윤슬처럼 어른거린다. 멋진 벚꽃 엔딩이다.

대파 새싹

봄 분위기다. 지난겨울에 대파 한 단을 베란다 구석에 보관해 두었다. 아침마다 밖에 나가 파를 잘랐다. 자른 파 대에서 진액이 눈물처럼 뚝 떨어졌다. 뿌리만 남은 것을 빈 화분에 흙을 담아 깊숙이 묻어두었다. 가끔 물 한 번 준 것이 전부다. 그런데, 오늘 아침에 보니 파란 잎이 뿌리를 밀고 쑥 자라있다.

묘한 기분이다. 파란 새싹이 무슨 새해 상징이라도 된 듯이 보인다. 눈 맞춤을 해본다. 대파는 잎줄기까지 버릴 것 하나 없이 활용도가 높다. 음식에서 빼놓을 수 없는 양념 채소 중 하나다. 면역력 강화와 체내 콜레스테롤 조절에 효과적인 식자재라 매일매일 사용하게 된다. 생으로 사용할 땐 알싸한 매운맛과 특유의 향이 있고, 익히면 단맛을 내기 때문에 다양한 용도로 쓰인다.

오래전 일이 주마등처럼 떠오른다. 암 수술로 힘겨운 병원 생활 중일 때 중환자실에 들락거리는 일이 많았다. 말기 암 환자라

치료 중 허리 부분에 무리가 갔던 모양이었다. 허리뼈 두 곳이 부러지는 사고가 일어나고 말았다. 퇴원이 한 달 정도 연기되었다. 수술에다 허리까지 다치니 그 통증은 말로 표현할 수 없었다. 설상가상으로 이제는 걸음조차 걸을 수가 없게 되어버렸다. 걸음을 떼면 곧바로 넘어졌다. 일어나면 또다시 넘어졌다. 발가락 양쪽이 덜렁거리는 느낌이 들었다. 하는 수 없이 대학병원 응급실로 갔다.

시어머님은 집안일을 힘들어하셨다. 대책을 세울 여유조차 없는 몸인데 고민이 되었다. 얼른 수술을 하고 최대한 빨리 회복해서 다시 모든 것을 제자리로 돌려놓아야 했다. 당시 나는 보석 매장을 운영하고 있었기에 잠시도 자리를 비울 상황이 아니었다. 20여 년을 운영해온 터라 비교적 안정된 자리를 잡고 있던 차에 사고가 터진 것이었다. 나는 마음이 조급했다.

경대병원 신경외과에서 특수 사진을 찍었다. 신경선이 눌려서 겨우 명맥만 유지한 상태라는 결과가 나왔다. 최대한 빨리 수술하지 않으면 걷지 못할 수도 있다고 했다. 다음 날 새벽 응급으로 수술받게 되었다. 수술 후에도 어려움은 이만저만이 아니었다. 물 위에 누워 석고로 보조대를 만들어서 등과 허리 전체를 묶어 감싸지 않으면 조금도 움직일 수가 없었다. 그 와중에도 나는 의사에게 소염제 진통제를 최소한으로 줄이고 싶다고 말했다. 담당 의사는 그렇게 하면 확실히 회복도 빠르고 부작용도 적지만 고통이 너무 심해서 권하기는 어렵다고 했다. 환자와 보호자의 서명이 필요하다고도 했다. 나는 망설임 없이 서명하고 통증을 내 의지로 견뎌내기로 마음먹었다.

통증은 정말 심했다. 상상을 초월하는 고통이었다. 매일 전기로 지지고 살이 찢기는 아픔이 3개월 넘게 지속되었다. 참아내야 한다. 견뎌야 한다. 풀어지는 마음을 다잡고 또 다잡았다.

시어머님이 큰 보자기를 들고 와서 운동하도록 도와주셨다. 아파트 엘리베이터까지 내려오는 여덟 계단이 베를린 장벽보다 아득해 보였다. 어머님을 붙잡고 몇 발자국 떼어 놓으면 하반신이 저리고 아파서 보자기를 펴고 퍼질러 앉아야만 했다. 어머님이 허리와 다리를 주물러 주셔야 겨우 한숨 돌릴 수 있었다. 우리는 온몸이 땀과 눈물로 범벅이 되어 서로를 부둥켜 안았다.

운동하고 집으로 돌아오는 길은 천 리, 만 리나 되는 듯 아득했다. 시아버님도 크게 의지가 되었다. 침대에 눕히고 일으킬 때마다 온 힘을 다해 도와주셨다. 6개월이 넘어갈 무렵부터 통증이 조금씩 줄어들기 시작했다.

IMF 직후라 경제적인 걱정도 많았다. 걸음을 걸을 수 있게 되자 하루에 3시간 정도로 근무했다. 세상에 죽으라는 법은 없는 것 같았다. 몸은 힘들어도 고객은 계속 찾아 들었다. 참으로 신기했다. 내 몸으로 경제를 꾸려 갈 수 있어서인지 시부모님은 더욱 극진히 보살펴 주셨다. 허리가 불편하긴 해도 현실을 인정하니 견딜 만했다. 지금은 남편과 더불어 부지런히 운동한 덕분에 맨발 걷기에 도전하여 4년째 접어들고 있다.

잘린 뿌리에서 난 대파가 처음보다 더 싱싱해 보인다. 오랜 세월 잘 버텨준 나에게도 이젠 말하고 싶다. 애 많이 썼다. 머리와 가슴의 부조화로 힘들 때도 많았지만 잘 견뎌 주었다. 아픔과 괴로움을 묵묵히 함께해 준 가족들에게도 가슴속으로부터 찐한 고마움을 전하고 싶다. 이젠 좀 더 천천히, 뒤돌아보지 않고 살고 싶다. 앞으로 내 삶의 시간이 얼마나 남았는지는 알 수는 없지만, 애끓을 것도 없고 아쉬움도 없다. 지금 이대로도 괜찮다.

무청 시래기

　　얼려놓은 무청을 꺼낸다. 이맘때 되면 생각나는 그리운 맛이 있다. 멸치육수에 된장 양파 파 마늘 고춧가루만 적절하게 버무려 준다. 육수가 팔팔 끓으면 버무려 둔 것을 넣고 바글바글 끓인다. 다음은 진한 쌀뜨물 한 컵만 추가하면 바로 별미다. 딸랑 둘이지만 대식구의 기분을 만끽할 수 있다. 밥에 비벼 먹을 때 맛이 푹 든 보리고추장 한 숟가락이면 끝나는 맛이다.

　　시골에 계셨던 시부모님이 생각나는 늦가을이다. 가을에 수확한 곡식 중 부피가 큰 것은 화물로 부치셨다. 보따리 속에는 고구마, 밤, 참깨, 고춧가루, 깐 마늘, 홍시, 수수들이 손질되어 소담스럽게 소복하게 들어있다. 식구들이 다 모여 있는 우리 집에는 틈만 나면 오셨다. 그중에 조선배추 말린 것과 무청을 반찬으로 제일 많이 활용했다. 이파리 있는 배추는 삶아서 쌈으로 하고, 무청을 삶아 시골 된장에 갓 짜온 참기름과 깨소금을 넣어 무치고,

일부는 날콩가루를 무쳐 채반에 찐 다음 조선간장으로 간을 맞추면 시래기 털털이가 된다.

무청 된장찌개는 우리 가족이 제일 좋아하고, 쉽고 영양도 괜찮다. 말린 무청 시래기는 아기 다루듯 조심히 만져야 한다. 먼저 물에 약간 축여둔다. 물이 끓으면 소금을 조금 넣고 푹 삶아 둔다. 깨끗하게 씻어서 한 번 먹을 분량만큼씩 얼려둔다. 무청은 흰 막을 벗겨낸다. 다시마 우린 물에 멸치를 넣고 육수를 만든다. 육수가 끓으면 된장을 체에 거른다. 무청에 마늘, 고춧가루, 쌀뜨물을 진하게 한 컵 넣고 청양고추 2개만 총총 썰어 넣는다. 끓는 냄새도 좋을 뿐 아니라, 온 가족이 다 좋아하니 생활비를 줄일 수 있어서 좋다.

시간이 지나고 나니 어느새 자리가 바뀌었다. 옛날 가난했던 시절에 먹었던 추억의 맛을 기억하고 있다. 얼마 전 남편이 칠순을 맞게 되었다. 코로나로 인해 밖에서 모일 수 없었다. 집에서 형제들과 아이들이 모여 생일잔치를 했다. 맛난 한우 고기, 전, 잡채 등 간단한 점심을 준비했다. 저녁에는 추억의 무청 시래기 된장찌개를 곁들였다. 마지막 추억의 맛이 신의 한 수가 되었다. 갑자기 수십 년 전으로 화제가 바뀌면서 서로가 시간 가는 줄 모르고 밤을 보냈다.

무는 우리나라 어느 곳에서나 쉽게 볼 수 있는 채소다. 심고 조금 자랄 땐 여린 잎으로 먹을 수도 있다. 갖가지 요리에 무가 들어가면 튀지도 않으면서 맛을 살린다. 주방요리에는 꼭 필요하다. 무채는 썰어 고춧가루, 소금, 마늘을 넣고 만든 겨울철 별미다. 생각만 해도 침이 고인다. 땅속 깊숙이 묻어두고 겨울밤에 먹던 그 맛도 그립다. 시간이 흘러도 기억의 맛이 있어 형제자매간의 화합의 시간이 되기도 한다.

삶이 맛있는 것은 가족과 함께할 수 있는 추억이 있기 때문이다.

고장 난 시계

인생은 시계다. 언제나 또박또박 쉼 없이 걷는 다. 밥만 제때 주면 어김없이 순종하는 것이다. 가끔 병이 들어도 바늘 하나, 아니면 몸을 통째 갈아주면 또 제 갈 길을 하염없이 간다. 옛날에는 한 집에 하나도 갖지 못해 귀한 대접 받았는데 요 즈음은 모든 물품에 시계가 들어가 있지 않은 것이 없다.

특히, 우리나라 전자 제품에는 시간을 알리면서 멜로디까지 나오는 명품이 많지만 그리 후한 대접을 못 받는 것이 사실이다.

나는 팔 남매의 맏며느리다. 결혼 당시 아버님은 단 한 명도 형 에게 부담이 되지 않게 하겠노라고 찰떡같이 친정아버님께 약속 하셨다. 또한 아버님 어머님도 절대 만이한테 부담이 되지 않겠 노라고 다짐하셨다. 그러나 그 약속은 결혼 후 사흘 만에 공수표 가 되어 하늘 높이 날아가 버렸다. 시골에 있는 동생들은 공부를 위해 와야 했고, 그들은 모두 내 몫이 되었다. 일을 해보지 않고 결혼을 한 나에겐 내 아이들과 북새통을 이루는 생활이 계속되었다. 나는 거의 초인적인 인내심으로 하루하루를 버티고 있었다. 가지 많은 나무에 바람 잘 날 없다던가. 어느 하루도 조용한 날이 없었다.

결혼 13년째 다섯째와 여섯째 시동생 결혼식을 25일 간격으로 치르게 되었다. 요즈음이야 모든 것이 백화점이나 시장에 있지만, 그때는 신혼부부 이불도 집에서 손수 꿰매고 잔치 음식도 직접 준비해야 하는 시절이었다. 결혼식 후 사돈을 초청해서 대접하는 일까지 맏며느리인 내 몫이었다. 무리가 온 것일까? 갑자기 온몸에 열이 나고 힘이 없고 으슬으슬 한기가 들어 동네 병원엘 갔다. 감기몸살이라고 했다. 일주일을 넘게 주사 맞고 약을 먹어도 차도가 없고 오히려 점점 심해져만 갔다. 며칠 뒤 휴일이었다. 갑자기 배가 찢어지듯 아프면서 배와 허벅지가 풍선처럼 부어올랐다. 옴짝달싹도 할 수가 없었다. 늦은 밤 응급실로 실려 갔다.

자궁내막증이었다. 새벽까지 대수술을 받았다. 그런데 숨도 돌리기 전에 또 하나의 복병이 나를 기다리고 있을 줄이야. 퇴원 전 종합검사를 해 본 결과 청천벽력과 같은 사실을 접하게 되었다. '신장암 말기'라니!

심장이 멎고 내 가슴에 천둥 벼락이 내리꽂히는 것 같았다. 내가 왜? 무엇이 잘못되었기에 이런 엄청난 병에 내가 걸린단 말인가? 잘못이라면 팔 남매의 맏며느리로 시집와서 참고 또 참으며 살아온 죄밖에 없는데, 왜 이렇게 몹쓸 병에 걸려 죽어야 한단 말인가.

원망도 사치였다. 나는 그 누구도 보고 싶지 않고 억울하고, 분하고, 살아온 모든 삶이 허무하고 허망하기만 했다. 의사는 누적된 피로와 스트레스가 원인이 된 것 같다고 했다. 미련했던 나의 삶이 주마등같이 스쳐 갔다. 이제 나를 기다리는 것은 절망과 죽음뿐이다. 수술을 받던 날 새벽 아버님 어머님이 내 앞에 나타나셨다. 그 순간 나도 모르는 걷잡을 수 없는 분노가 아버님을 향했다.

나는 절규했다. "아버님! 단 한 가지 약속도 지키지 않고 저에게 모든 책임만 지우신 아버님! 저는 이제 죽음을 눈앞에 두고 있습니다. 견딜 수 없는 괴로움을 참고 또 참은 것이 이렇게 되었습니다. 이 모든 것이 아버님 책임입니다. 저는 이제 아무것도 할 수 없는 몸이 되었습니다. 왜, 죄 없는 제가 죽어야만 합니까? 저는 이대로 죽고 싶지 않습니다. 어미 잃은 저 아이들을 두고 어찌 제가 간단 말입니까? 아버님이 다 책임지세요!"

아버님의 얼굴이 눈물 콧물로 범벅이 되었다. "어미야, 미안하고 또 미안하다. 이 아비를 용서해라. 모든 것이 다 내 잘못이다. 부디 용서하고 같이 힘을 합해 치료받자. 제발 살아만 다오. 수술만 잘하고 나오면 내가 살아있는 동안 너에게 진 빚 다 갚으마." 그러나 나의 귀에는 아무 말도 들리지 않았다. 나는 끝없이 울고 또 울었다. 힘이 다 빠지고, 눈물인지, 빗물인지 온몸이 흠뻑 젖은 채로 수술실로 향했다. 가족들의 흐느낌이 내 귓전을 내리치는 듯했다.

남편은 내 모습을 볼 수가 없었다. 수술실에서 나온 나의 모습은 처참하기 이루 말할 수가 없었다. 온몸에 알 수 없는 고무호스와 링거를 주렁주렁 매달고 이승과 저승을 헤매고 있었다. 암 병동 밖에서는 밤마다 비둘기가 왜 그리도 구슬프게 울어대던지, 하얀 시트에 덮여 한 사람씩 병실을 떠나는 광경은 나를 더욱 불안하고 초조하게 했다. 내 마음은 이미 이 세상 사람이 아니었다.

아버님은 자식들을 불러 모은 모양이었다. 아버님 역시 제정신이 아니었다. 자식들에게 다짐, 또 다짐했다고 했다. 너희 형수를 살려내야 한다. 너희들에게 형수는 부모와 똑같다. 아버님은 울면서 말씀하셨다고 했다. 시동생들은 아버님의 지휘 아래 내외가 한 조가 되어 병실을 지켰다. 아버님은 나가시면 맛있는 것을 사 오시고 어머님은 투병하는 며느리를 위해 모든 수발을 다 들어 주셨다.

결국 난 고장 나 버려진 시계가 되었다. 잠시라도 다리를 주무르지 않으면 다리에 쥐가 나고 경련이 나서 견디기 힘들었다. 그 모든 수고를 어머님이 다해 주셨다. 밤낮으로 얼굴과 몸을 닦아 주시고 내 몸과 같이 정성으로 간호를 해주시니 이제는 내가 어른들의 짐이 된 셈이다. 결국 나는 이렇게 부모님께 모든 사랑을 돌려받고 있었다.

마음은 천 갈래, 만 갈래 어디에 걸어두어야 할지 몰랐다. 걱정도 사치스러운 생각이 들었다. 무엇부터 해야 할지, 누구를 위해

해야 할지, 남은 시간이 많지도 않은데… 가슴이 답답하고 머리가 하얬다. 항암치료 들어가기 전 이제 다시는 지금보다 더 나은 얼굴로 아이들의 선생님을 뵐 기회가 오지 않을 것 같았다. 학교로 갔다. 큰아이가 초등학교 6학년이다. 마침 조회 중이라 애국가가 내 귓전에 울려 퍼졌다. 왠지 눈이 갔다. 내 딸이었다.

막내인 초등 3학년 아들의 학교에 갔다. 종합발표회를 하고 있었다. 내 아들이 '엄마를 살려 주세요'라는 웅변을 해서 최우수상을 받고 닭똥 같은 눈물을 흘리는데 담임선생님이 부둥켜안고 있었다. 가슴 밑바닥으로부터 슬픔과 용기가 용솟음쳤다. 눈물이 주체할 수 없이 흘렀지만 나는 살고 싶었다. 저 아이에게 희망을 주고 싶고 등불이 되고 싶었다. 이제 나의 머릿속에는 한 가지 생각밖에 없었다. 더 이상 나의 불행에 함몰되지 말자. 사력을 다해 투병 생활을 하되 아이들에게 씩씩한 엄마의 모습을 보여주자. 최소한 좋은 습관이라도 남겨주자. 난 결심했다.

공부다. 책이다. 나는 투병 기간 동안에 공부해야겠다고 마음먹었다. 가족들의 반대가 심했다. 말기암 환자가 공부라니! 그러나 나의 결심은 확고했다. 방송통신대학에 원서를 냈다. 20여 일후 합격 통지서가 도착했다. 한 학기에 7과목을 신청하고 나니 겁도 났지만 그래도 책과 함께하는 이 일이 마치 시계의 새 배터리를 교환하듯이 힘이 솟고 또 솟는 듯 아이들도 엄마와 함께 하는 공부에 신이 나는 듯 보였다.

어느덧 세월이 흘러 3년이 지났다. 주치의와 대면하는 날이 되면 또 한 번 심장이 멎는다. 그날은 왠지 거벼운 마음이 되었다. 선생님을 뵙고 눈을 마주하는 순간 빛처럼 번뜩이는 환상이 내 앞을 스친다. 선생님은 "지금 기적 같은 일이 벌어지고 있습니다. 암세포가 거의 소진 단계입니다." 우린 순간 귀를 의심했다. 다시 반문했다. "그게 무슨 말씀입니까? 그럼 혹, 살 수도 있습니까?" 남편 말에 "하늘이 도우셨습니다. 앞으로 행복한 일만 많으실 것입니다." 가을 국화의 은은한 향이 뼛속으로 스며들고 비둘기의 구구거림이 아기 코끼리 걸음마로 들리는 듯 느긋한 졸림이 행복으로 빠뜨린다.

초겨울 어느 날 남편이 제안했다. 우리 가족이 이렇게 축복받았으니 사회에 조금이라도 도움이 되는 일을 하는 게 어떨까? 누구보다 아이들이 뛸 듯이 기뻐했다. 조그마한 일부터 시작하기로 했다. 남편의 직업을 최대한 살려서 불우시설에 시계 수리를 해주기로 하고 희망원에 함께 갔다. 차 안에 시계 배터리와 교체할 기계를 박스 가득 싣고 가 희망원 원장님께 우리 가족의 취지를 말씀드렸더니 너무나 고마워하셨다.

우리는 원장실 바닥에 신문지를 여러 장 깔고 고장 난 시계를 수리하기 시작했다. 녹슨 시계는 기름으로 닦고 상태에 따라 배터리를 교환하거나 부속품을 완전히 교체해 주었다. 아이들은 먼지를 닦고 간단한 일을 도왔다. 한 달에 두 번 휴일에 도시락을 싸서 온 가족이 함께하는 작은 봉사활동이었다. 노인들이나 장애인들이 특히 시간을 많이 본다는 것도 그때 알았다. 시계가 주는

169

작은 인연이 세대를 아우르는 정을 배우게 했고 장애의 벽도 넘게 하는 마력이 있었다.

돌이켜 본다. 명품이었던 내가 어느덧 고치고 고쳐 제대로 된 몸은 아니지만, 우리 가족의 정성만 들어가면 역할을 다 할 수 있다. 헌 시계가 눈에 익어 더 편하다. 33년의 결혼생활은 참으로 많은 것을 겪어냈다. 고통은 나의 내면에 생명수가 흐르도록 길을 열어 주었고 시간, 사랑, 관계의 축복을 내려 주었다. 겨우내 굳은 땅을 쟁기가 엎어 물이 스며들게 하듯이, 나의 아픔이 굳은 마음을 녹여 사랑을 심어준 것을 감사하게 받아들이고 싶다.

제4부

우레시노의 달빛

집안의 어려운 일이나 좋은 일이나
달을 보고 빌어서 참으로 신령한 마음이 된다.
달빛과 온천 계곡의 물소리와 우리들의 이야기 소리가
마치 멋진 오케스트라 연주 같았다.

매물도에서

　　남해의 작은 섬 소매물도小每勿島에 갔다. 소매
물도는 크고 작은 두 개의 매물도 가운데 작은 섬을 말한다. 조선
초기에는 매매도每每島였던 것이 후기에는 매미도每味島 혹은 매
물도每勿島로 표기하게 되었다. '매', '미', '물' 은 다 물을 의미한
다.

　소매물도는 오래전에 가 본 적이 있었다. 그러나 당시에는 아
무런 준비 없이 가서 기억에 남는 것이 없었다. 이번에는 달랐다.
나는 이 아름다운 섬을 맨발로 걸어볼 작정이었다.

　섬에서 가까운 저구항에서 출발했다. 면적은 2.51㎢, 해안선
길이는 5.5km에 불과한 작은 섬이다. 해안의 수직 절벽을 따라
다양한 암석 경관들이 밝고 맑은 날씨에 환상적이었다. 그중에서
파도의 침식작용으로 해안지형 경관이 절경을 이루고 있어 '통영
8경' 중 제3경으로 알려져 있다. 1시간쯤 지나서 섬에 도착했다.

일행들은 준비해 온 족발과 그곳에서 채취한 싱싱한 해산물을 안주 삼아 소주잔을 기울였다. 나는 바로 신발을 벗어들고 나섰다. 일행 중에는 나처럼 맨발 산행을 이미 시도해 본 사람도 있었다. 우리는 의기양양하게 작은 카페를 지나고 민박집을 지나 언덕을 올랐다. 숲길은 손질이 덜된 순수한 자갈과 흙으로 숲길 특유의 향이 코끝을 스친다. 길을 밟는 촉감이 대도시 근교의 산길과는 사뭇 다르다. 잡목들 사이에 앙증맞게 핀 야생화가 인사를 한다. 섬의 역사만큼이나 바다 풍경과 바위 색깔도 제각각 특유의 아름다움이 있다. 우리는 이 경이로운 풍경을 놓치지 않으려고 맨발과 함께 열심히 사진을 찍는다.

40분 정도 오르니 역사박물관이 보인다. 입구에 특이하게도 한 손을 앞으로 내민 세관원 복장의 조각상이 있다. 독도마저도 자기네 땅이라 우기는 사람들의 소행을 감시하기 위함이라고 한다. 역사관에서 나와 등대섬으로 향한다. 일행은 에메랄드빛 바다와 등대의 아름다움에 가슴이 벅찬 듯 탄성을 지른다. 풍광이 있는 곳마다 포토존이 있다. 자연을 자연 그대로 두지 못하는 인간의 속성이다.

소매물도 남단의 등대섬은 2000년 9월 5일에 해양수산부에 의해 '특정도서'로 지정되고 2007년 문화관광부에 의해 '가고 싶은 섬'으로 선정되었다. 최근에는 문화재청이 등대섬을 자연 명승으로 지정하여 지형경관의 가치를 인정받고 있다.

공룡바위 전망대와 등대섬 전망대에서 언덕길을 내려가 앞에 있는 열목개로 내려간다. 열목개는 하루에 두 번씩 바닷길이 열리는 바다갈라짐 현상을 볼 수 있는 곳으로 등대섬으로 가기 위한 들머리다. 두 섬 사이의 바다는 수심이 얕기 때문에 하루에 두 번 썰물 때가 되면 자갈 퇴적물이 드러나면서 두 섬이 연결된다. 밀물 때에는 훨씬 빠르게 바닷물이 밀려와 약 1시간 정도 만에 물속에 잠기게 된다고 한 회원이 알려준다. 빠른 시간에 무릎 정도만 잠겨도 파랑의 영향으로 건너다니기에는 위험하다고도 한다. 우리는 서둘러 멋진 경관을 사진에 담으며 '글썽이굴'로 향한다.

글썽이굴은 백악기 말에 빈번하게 일어난 화산활동의 반복으로 생성된 응회암이 주 구성 암석으로 되어있다. 좁은 골짜기는 바닷물에 잠겨 있다. 굴은 골짜기가 침수되어 형성된 것이라고 한다. 아름다움에 취해 내려오다 보니 어느덧 마을 어귀에까지 왔다. 가게에는 이곳 특산물들이 전시되어 있다. 더러는 제주도에서 나온 것이라 쓰인 것도 있다. 나는 보리새우와 붉은 해초만 샀다.

소품들이 올망졸망 정겨운 작은 카페에도 들렀다. 젊은 여주인은 아마도 여행을 많이 다닌 것 같았다. 여행지에서 모은 작은 소품들이 벽면을 가득 채우고 있다. 두 시간 넘게 걸은 맨발을 좀 씻으려고 물이 있는 곳을 부탁했다. 그런데 공중화장실을 안내한다. 물이 귀하기 때문이라고 한다. 사방이 바닷물인데 물이 부족하다니, 나는 이해가 잘 안 되었다. 그리고 보니 섬이란 잠시 들르는 관광객에게는 아름답지만, 주민들에게는 힘든 생활 터전일 는지 모른다. 하물며 멀쩡한 신발을 두고 맨발로 섬 일주를 돌고 와 씻을 물을 찾는 관광객이라니!

하지만 맨발 걷기 또한 자연으로 돌아가기 위함이 아니던가. 이 작은 섬이 이토록 사람들에게 주목을 받는 것도 인간 본연의 자연 회귀성이 작용한 것처럼 말이다. 섬이 자연이듯 맨발 또한 자연이 주는 선물일 터이다. 나는 오늘 가장 자연적인 발의 상태로 자연을 걸은 셈이다. 문명이 발달할수록 인간은 자연을 더욱 그리워하게 되는지도 모를 일이다.

삼청산과 황산 서해대협곡

         해외 등산을 하고 싶었다. 몇 년 동안 국내 산은 대충 일행들과 보폭을 맞출 수 있을 때였다. 산악회 카페 공지에 '중국 삼청산, 황산 서해대협곡' 산행 공지가 떴다. 평소에 한 번쯤 꼭 시도해 봐야지 하고 마음속으로 희망하고 있었다. 산악회에 통보하고 약속을 걸어 놓고 있으니 걱정 반 설렘 반이다. 멀기만 했던 일정이 생각보다 가까이 내 앞에 닥쳤다.

    새벽 시간에 출발해서 김해로 가는 동안 28명의 회원이 앉은 자리에서 소개한다. 직업과 나이도 30대부터 70대였다. 얼마 지나지 않아 김해에 도착하고, 상해로 가는 비행기에 탑승했다. 2시간여 후에 상해에 도착했다. 가이드 미팅 후 바로 자기부상열차로 역까지 가서 다시 버스 탑승 후 상해임시정부 청사에 도착했다. 영상물을 보고 독립투사가 나라를 지키기 위해 겪었던 고통과 희생을 조금이나마 알 수 있어서 숙연한 마음이 되었다. 다음으로 반윤단이 만든 '예원'이라는 정원은 개인이 만들었다. 지붕과 담을 용으로 만들어 놓았는데 발가락을 하나 부족하게 만들어서 개인이 지을 수 있었다고 한다. 장사해서 부를 창조한 것도 중요하지만 그 웅장하고 하나하나 의미 있게 설계하고 투자해서 후대에까지 남을 명소를 만들어 놓은 지혜에 탄복했다. 개인 재산이 황제의 두 배가 되었다고 한다. 다음은 항주로 이동해 밤에 '송송 가무쇼'를 보았는데 그 규모는 방대하고 화려하고, 입체적이고, 밤의 황홀감까지 더해 꿈만 같았다.

다음 날은 서호 운하로 수위 조절은 컴퓨터로 조절한다고 한다. 가는 길에 가이드가 중국의 4대 미인은 양귀비, 서시, 초선, 왕소군이 있는데 그중 서시에 대한 얘기가 재미있다. 춘추시대 말기에 도화처럼 예쁜 얼굴을 타고난 서시가 냇가에서 수건을 씻고 있었는데 지나가는 물고기가 그녀의 미모에 빠져서 헤엄치는 것을 잊었다고 한다. 그리하여 후세 사람들은 서시의 미모를 두고 침어侵漁라 했다고 한다. 다음으로 동방문화원으로 갔다. 문화원 안에 3,333개의 불상이 있고, 밖에 나와보니 6,666불 상이 있고 우리 마음에 1불이 있어 만 불이라고 한다.

둘째 날은 삼청산을 등산하기로 되어있다. 삼청산 남부 케이블카로 등정 서해안, 영광 해안, 남창원 풍경을 바라보는데 기암괴석들이 얼마나 크고 아름다운지 사람들의 와!!! 탄성이 끊이질 않는다. 바위 옆으로 힘겹게 자라난 소나무들은 신비한 기운이 도는 분재인 것 같다. 쥐 바위, 부처 바위, 모자 바위 등 헤아릴 수 없는 이름이 그 장관을 대신했다. 우리는 바위에 붙여 만들어 놓은 난간을 따라 4시간 넘게 갔다. 여기에는 얼마나 많은 인민이 희생되었을까? 사회주의 국가가 아니면 어려울 것 같다. 산이 높고 장대해서 계곡마다 날씨가 달랐다. 햇볕이 내리쬐다가 한 굽이 넘어가면 소낙비가 오고 색다른 경험이다. 저녁엔 중국의 유명한 마사지가 우리를 기다리고 있다.

셋째 날은 황산, 서해대협곡을 오르는 날이다. 1200m 고지에서 출발한다. 날씨는 너무나 쾌청하다. 시신봉, 필가봉, 백운정, 서해대협곡, 천해, 오어봉, 백보운재를 거치는 동안 두꺼비도 보고, 원숭이들도 새끼원숭이를 안고 나뭇가지 사이 바위를 다니는데 가이드 말로는 검은 옷 입은 사람이 과자를 주면 먹지 않는다고 한다. 등산로는 20여 년에 걸쳐 만들어졌다고 한다. 그 이전엔 누구도 발을 들여놓지 못했다고 한다. 비취 계곡은 6km나 된다고 한다. '사랑의 계곡'이라고도 한다. 비췻빛 물이 길게 뻗어 용봉지, 경주지, 화경지, 뇌우담 등의 폭포와 담이 어울려 장관이다. 주윤발 주연의 영화 〈와호장룡〉의 무대가 되었던 곳이다. 아찔한 절벽을 바라보며 계단과 벼랑 틈으로 난 길을 번갈아 걷는데 고도차가 400m에 달해서 체력이 완전히 고갈되는 느낌이 든다. 한번 발을 들여놓고 나면 되돌아갈 수도 없다. 절벽마다 예쁘고 아름다운 풀꽃과 나무로 눈을 돌릴 수가 없다. 연두색, 녹색 소나무들이 깎아지른 듯한 절벽에 분재 같은 모습으로 서 있는 것에는 감탄이 절로 나온다.

일행 중 70대 부부도 함께 오셨는데 나올 때 나이는 집에 두고 온다는 말씀에 한바탕 웃었다. 우리가 오르내린 계단이 일만 개라고 한다. 황산의 정상 연화봉은 1864m 걸어서 내가 왔다. 서로가 고마워서 눈시울이 붉어졌다. 일곱 시간 반 만에 내려오는데 중국 소수민족 56개를 상징하는 소나무가 싱싱하고 아름다운 자태를 뽐내고 있다. 황산의 아름다움에 취한 회원들이 도착한 산중 음식점은 중국답지 않게 너무나 깨끗하고 향도 별로 없다. 음식도 보기에 아름답고 맛도 준수했다. 저녁엔 전신마사지라는 특별보너스가 기다리고 있다. 밥걱정, 집 걱정, 모든 걱정 다 잊은 채 즐겁고 유쾌한 날이 4일째나 되니 이젠 온전히 즐거운데 마지막 날이다.

우레시노의 달빛

　　　동서와 둘이서 서울로 향한다. 이번은 우레시노에 있는 '시바 산소' 다. 아들만 둘인 동서는 딸과 여행을 하고 싶어 해서 이번 일정을 잡았다. 집에 도착하자 딸 내외가 해물 스파게티를 해준다. 포도주까지 준비해서 정성스럽게 분위기를 맞춰준다. 잠시 쉬고 바로 어린 손자들과 다 같이 북한산 계곡으로 갔다. 바위가 아름답고 숲과 물이 깨끗하고 마음껏 물놀이를 할 수 있어서 가까운 곳에서 여름 호사를 잠깐 누린다. 아내와 엄마를 가도록 해 준 사위와 손자들이 더 고맙다. 저녁 후엔 인근에 피부 마사지를 예약해 두어서 셋이서 피부관리까지 받고 왔다. 다음 날 새벽에 일찍 인천공항으로 갔다.

　동서와 나는 딸아이만 따라다닌다. 이젠 역할이 바뀌었다. 후쿠오카에 도착해서 나오면 3번으로 나가사키 가는 버스를 타면 된다. 나는 평소에 일본에 가면 원폭 피해가 심했던 나가사키로

가 『나가사키의 노래』라는 책에 나오는 그 현장에 가서 책을 읽고 그 슬픔을 한번 느끼고 싶었는데 마음에서만 맴돌았다. 버스를 타고 1시간가량 가서 우레시노에 도착했다. 바로 숙소인 '시바 산소'에서 차량이 대기하고 있다. 승용차로 20여 분 가는 길엔 삼나무와 메타세쿼이아가 깊은 산중임을 알려주는 듯하다. 이곳은 우레시노 계곡의 상류로 건축미가 특히 아름다운 곳으로 알려져 있다. 직원의 안내를 받아 간 별관 끄트머리 화실和室, 다다미방이 우리 숙소다. 일본식 난방기구 중 하나인 코타츠가 설치되어 있고 침대와 다다미가 같이 되어 넓게 쓸 수 있다. 미닫이문을 여니 바로 시바 산소 옆으로 계곡 풍경이 드러난다. 창밖으로 나아가 방 옆으로 흐르는 계곡을 바라본다. 료칸은 규모가 크고 미로 같아서 조금 헤매기도 했다.

우리는 흰 바탕에 작은 들꽃 무늬 유카타로 갈아입고 빨강 허리띠를 같이 매고 미로 같은 길을 나선다. 저녁은 가이세키 요리다. 처음엔 식전주와 가벼운 요리가 나왔다. 회는 편백으로 만든 사각의 나무판에 나왔고, 잔도 편백으로 만들어진 사각 잔이다. 요리는 이나니와 우동, 고소한 채소 튀김, 짭조름한 온소바, 두부로 만든 크로켓, 규수의 최고급 사가규 소고기가 나왔고, 디저트는 딸기와 유자 찹쌀떡이 나왔다. 숙소에서도 온천욕을 할 수 있었지만, 숙박자도 사용할 수 있는 계곡 온천 야마노유에 가기로 했다. 이곳 숙소의 미로 같은 길을 따라가니 작은 모퉁이 하나까지도 잔잔한 꽃장식과 도자기로 장식되어 있다. 유명한 아리타,

이마리 등 일본의 도자기 명소들이 이곳에 있어서인지 아름답고 앙증맞은 소품들이 눈길을 끈다. 잠깐 쉬고 난 뒤 야마노유로 가기 위해 일본식 슬리퍼 게다를 신고 계곡으로 걸어 올라갔다.

22세기 아시아의 거대한 삼나무 숲과 메타세쿼이아 나무들 위로 보름달이 우리를 비추고 있다. 계곡 온천물도 온통 달빛이 차지하고 있다. 온천물에 담긴 아름답고 신비한 달빛에 바위는 굴곡에 따라 색깔이 오묘하게 보인다. 마치 선녀가 된 듯 우리의 웃는 모습도 달빛을 닮아 아름답게 빛이 난다. 밤이 가는지 오는지도 모를 황홀감으로 들떠 있다. 먼 기억이 스친다. 딸아이를 출산하기 위해 시골 친정 마당에서 보던 달빛과 엄마가 겹친다. 순산할 수 있도록 달밤에 빌던 모습이 떠오른다. 맑은 샘물을 길어 상에 차려두고 정성스럽게 빌어서인지 순산했다.

집안의 어려운 일이나 좋은 일이나 달을 보고 빌어서 참으로 신령한 마음이 된다. 달빛과 온천 계곡의 물소리와 우리들의 이야기 소리가 마치 멋진 오케스트라 연주 같았다. 동서도 나도 딸아이도 오랜만에 가족을 두고 온 여행이다. 계곡에 편백들이 밤바람에 흔들리니, 마치 신선이 둘러서서 우리를 위해 춤을 추고 있는 듯했다. 아~~~, 이런 행복도 내 인생에 준비되어 있었구나. 우리는 달빛 아래서 바위에서 흘러나오는 물줄기도 맞아보며 밤이 늦도록 행복한 이야기를 나누며 이 밤이 영원했으면 했다. 나오는 음식이 끼니마다 다르고 정성스럽고 아름다웠다. 딸도 결혼해서 9년이 되니 같은 주부가 되어 얘기가 잘 통한다.

잘 먹고, 잘 쉬고 난 다음 날 아침 산책길은 울창한 삼나무 사이로 들어오는 눈부신 햇살, 바위의 이끼들, 삼나무를 안고 도는 담쟁이가 정답다. 산책 후 하카타역으로 가서 다자이후텐만구로로 가는 기차를 탔다. 그곳에서 유명하다는 프랑스식 크루아상빵으로 아침을 대신했다. 숙소는 공항 주변 호텔로 잡았다. 고목들이 많고 신을 모신 곳이다. 1시간 후 만날 장소를 정해두고 쇼핑을 따로 하기로 했다. 딸은 우리 동서 간의 즐겁고 행복한 순간을 따라다니며 찍어준다. 영화 촬영을 하듯 특수 사진기로 촬영을 해주니 배우가 된 듯했다. 저녁엔 일본식 선술집에도 가고, 거리를 밤늦도록 돌아다니다가 숙소로 왔다. 멀리 타지에서 보낸 시간은 두고두고 마음속에 보배로운 달빛이 되었다.

마지막 날 아침은 일본에서 유명한 이치란라멘을 먹기로 했다. 맛이 내 입맛과는 맞지 않았지만, 동서와 딸은 맛이 있고 특별하다고 했다. 칸칸이 따로 되어 있고 개인 수도도 달려있고, 작은 소품들이 있어 비좁지만 오붓하게 되어 있었다. 후식으로는 녹차 빙수로 마지막 입가심을 했다. 눈으로 경이로운 자연을 마음껏 볼 수 있고, 싱싱한 몸으로 맘껏 걸을 수 있는 건강이 있어 다행이다. 살아갈 이야기와 살아온 이야기를 할 수 있는 이 평화로움을 담고 간다.

무섬마을의 태극다리

　　　　　　　지난 주말에 영주 쪽으로 답사여행을 다녀왔
다. 초하의 고속도로 양 옆의 산과 들은 밝은 연두에서 녹색으로
바뀌어 가고 있었다. 문득 유행가 한 소절이 가슴을 스친다. '단
한 번 눈길로 부서지는 내 영혼' 기분이 묘할 때 외침 같은 한 구
절이다. 몇 곳을 들러서 경북 영주시 문수면 수도리에 도착했다.
수도리의 수도水島는 물섬이라는 뜻이나 물에서 'ㄹ' 자가 떨어져
무섬이 되었다고 한다.
　내성천을 따라 은빛 모래와 맑은 물이 흐르는 무섬마을은 반
남 박씨, 선성 김씨 등 50여 가구가 모여 사는 전통마을이다. 특
히 이 마을에는 '태극다리'라고 하는 긴 다리가 있다. 태극 모양
으로 생긴 다리라 붙여진 이름으로 한국의 아름다운 길 100선에
도 들어있다고 한다. 통나무를 반으로 잘라서 만든 좁은 다리다.
연인으로 보이는 남자가 앞에서 뒤로 손을 살짝 내밀어주니 뒤에

서 여인이 가녀린 손을 수줍게 얹는다. 그들은 아슬아슬 휘청이면서 천천히 보폭을 맞춘다. 사랑하는 마음이 체온으로 전해질 것이다. 그 순간 젊은 날 아버지의 얼굴이 뇌리를 스친다.

시골이라 초등학교 가는 길에 무척이나 넓은 강 같은 개울이 있었다. 그땐 왜 그렇게도 여름만 되면 큰비가 많이 왔는지 지금도 생각하면 흙탕물이 무섭게 소리를 내지르며 용트림하던 기억이 가슴을 오싹하게 만든다. 비가 억수같이 오는 어느 날이었다. 등교할 때는 얕았던 개울물이 하굣길에는 흙탕물로 변해 굉음을 내지르는 그런 날이었다. 수업시간 내내 창밖에 내리는 비에 온 마음이 다 가 있었다. 혹시 아버지가 다른 볼일이 있어 못 오시면 어쩌나, 걱정이 태산 같았다. 그런데 개울에 당도했을 때 혹시나 하고 걱정했던 아버지가 나를 데리러 오고 계셨다. 멀리서 봐도 내 아버지였다.

별명이 울보였던 나는 멀리 보이는 아버지의 모습에 크게 울음을 터트렸다. 고학년 언니, 오빠들은 걱정하지 말라고 했지만 그럴수록 더욱 눈물이 쏟아졌다. 그런 내 모습을 본 아버지는 "울지 말고 거기 그대로 서 있거라!" 굉음을 내지르는 물소리보다 더 크게 메아리로 들려왔다. 나는 아버지가 오셨으니 안심되기도 했지만 저렇게 거센 물살을 어떻게 건널 수 있을까 싶기도 했다. 개울을 건너다가 혹시 하는 마음에 더 겁도 났다. 저 굉음이 아버지마저 삼켜버릴 것만 같았다.

얼마의 시간이 흐른 뒤 어른들은 작전을 짜셨는지 옆으로 손에 손을 잡고 물살이 흐르는 대로 흔들리듯이 휘청이며 건너오셨다. 개울을 건널 때는 균형을 잘 유지해야 한다. 힘보다는 서로서로 균형을 잘 맞추고 물을 거스르지 말고 물살을 따라서 조금씩 조금씩 나아가야 한다.

이제 나는 천으로 된 비에 젖은 가방과 함께 아버지의 어깨 위에 번쩍 들어 올려졌다. 겁이 많은 나는 아버지의 목에 붉은 손자국이 날 만큼 꽉 붙잡고 그 긴 흙탕물을 거스르지 않고 휘청이며 건넜다. 그때 나의 아버지는 세상 어떤 위험에도 맞설 수 있는 거인이요, 장군이었다.

태극 모양 다리에도 무수한 사연이 있었으리라. 꽃가마도 이 다리를 건넜을 것이다. 다리는 아마 꽃가마 속 신부의 고운 자태도 훔쳐보았을 것이다. 탄생의 축복을 알리기 위한 잰 발걸음도 놓치지 않았을 것이다. 먼 길 떠나는 꽃상여도 이 다리를 건넜으리라.

둑이 없었던 시절에는 툇마루에 앉아 이 다리를 보며 곰방대라도 피워 물고 운치를 즐겼을 수도 있었겠다. 아침에는 물안개를 맞으며 일터로 가고, 밤에는 쏟아질 듯 걸려있는 별을 바라보았을 성싶다. 태극다리를 건너 학교에 가고, 돌아올 때는 신나게 물장구도 쳤을 어린 시절의 기억은 늘 애틋할 것이다. 세월은 되돌릴 수 없고, 덩그러니 노인들만 남은 마을에는 고즈넉한 풍경이 더해져 쓸쓸함도 묻어나지만 무섬마을 외나무다리는 존재 자체로 위안을 주는 우리 모두의 고향 같은 곳이다. 시인 조지훈은 그의 시 「별리」에서 자신의 처가 동네인 무섭을 가리켜 "십리라 푸른 강물은 휘돌아 가는데 밟고 간 자취는 바람이 밀어가고"라고 노래했다.

내성천 모래 속을 높새바람이 스친다. 어스름 저녁나절은 차라리 마음의 여유를 누릴 수 있어 좋다. 아무리 껴안으려 해봐도 지나간 시간은 만나지 못한다. 그러나 나도 이제 살아오는 동안 가슴 한쪽에 저미거나 아린 기억을 두어 개쯤 깊숙이 묻어두고 살 나이가 되었다. 생각해 보면 세월의 속도는 내 마음의 속도를 따라간다. 조급하게 살면 한없이 모자라지만 느긋하게 따라가면 넉넉하고 살아갈 만한 삶이다. 이제 나의 가슴에도 태극 모양 다리 하나쯤 지니고 살고 싶다.

미국 방문기

두 번째 미국 여행이다. 4개월 전에 비행기 좌
석을 예약해 놓았지만 3주 동안 다른 사람에게 매장을 맡기는 것
이 걱정이다. 나는 생각을 해본다. 살아오면서 완벽하게 준비해
서는 되는 일이 없었다. 항상 선택의 귀로에 설 때마다 나는 내가
하고 싶은 일을 1번에 둔다. 그다음은 차례차례 퍼즐 맞추듯이
거듭거듭 수정해 가면서 가는 목적지까지 간다는 것이다. 이번에
도 계획부터 세우고 진행했다. 아르바이트생이 일단 한 사람 이
상이라도 된다고 마음먹었다. 유경험자 순으로 정한다는 방침을
세웠다. 가는 날이 가까워져도 퍼즐이 딱 들어맞지는 않았다.

일주일을 앞두고 한 사람이 정해지면서 3주 동안 다 혼자서 보
기로 약속했다. 일면식도 없었던 사람에게 통째로 다 맡기고 간
다는 것이 부담되었다. 여행의 첫 번째 목적은 딸이 결혼 7년 만
에 미국에서 스스로 집을 장만했다는 것이다. 두 번째 이유는 아

기 둘과 딸만 일주일가량 지내야 한다는 것이다. 사위가 학회 일로 샌프란시스코에 간다고 했다. 남편은 만사를 제쳐두고 가야 한다고 했다. 미국 사회에서 그렇게 홀로 아이들과 있으면 위험하니 우리가 가서 있어 줘야 한다는 것이 더 큰 목적이었다.

우리는 항상 대식구들이 함께 살다 보니 아이들에게 잘해 주지 못했다는 생각이 들었다. 그런 이유로 딸을 시집보낼 때 마음이 아주 아팠다. 게다가 미국인을 사위로 보다 보니 여러 가지로 아이에게 상처가 되었을 말도 했었다. 아빠의 극심한 반대도 명분이 점점 약해지고 아이들의 행복이 더 우선시되어야 한다고 해서 허락하게 되었다. 그러면서 3년은 서울서 살다가 4년 전 미국으로 들어갔다.

식구로 받아들인 다음으론 남편도 사위도 서로 잘 맞았다. 내 생각으로는 사위가 무더운 여름 어느 날 우리가 퇴근했을 때 화장실에서 혼자 땀을 뻘뻘 흘리면서 변기를 고치고 있었고 그 모습을 보고 남편이 도와 완벽하게 고친 후부터인 것 같았다. 그 순간이 우리의 자식이 되는 확실한 순간이 아니었나 싶다. 그 후로는 차에 문제가 생겨도, 별것 아닌 일에도 자주 사위를 부른다. 무엇이든지 한번 점검해 보란다. 뒷날 들은 얘기로는 전문가가 아니라 인터넷으로 검색해서 알아낸 기술이었지만 아버지가 믿어주시니 자신의 이름만 자주 불러도 행복했다고 했다. 여행도 같이하고, 공유하는 것이 많아 웃는 날이 많아졌다.

공부를 좀 더 해야 한다는 이유로 미국으로 떠났다. 올해가 벌써 4년째다. 2년 전에는 둘째 손자가 태어난다고 나 혼자서 미국에 갔었다. 온갖 좋아하는 음식을 바리바리 만들어 진공포장을 해서 갔다. 혼자 가는 미국은 너무나 멀었다. 16시간이나 비행해서 코네티컷주 하트퍼드 브래들리 국제공항에 도착했다. 그리운 마음에 생각과 할 일을 정리하다 보니 그 긴 시간이 지루한 줄도 몰랐다. 새벽 2시에 도착해서 카톡만 해놓고 낯선 공간에 새벽의 낯선 분위기도 두려웠다. 아시아계 사람은 오직 나 혼자뿐인 것 같았다. 그땐 아이들이 시부모님과 함께 살고 있었다. 나는 특별한 이벤트를 계획하고 갔었다. 내가 먼저 그분들에게 제안했다. 일주일에 두 번의 디너파티는 내가 한국식으로 준비하겠다고 했고, 너무 재미있는 제안이라고 기뻐했다.

안사돈인 조엔 여사는 일주일에 이틀을 맡아 하고, 바깥사돈과 사위가 이틀, 딸의 출산 음식인 미역국과 한식 반찬은 온전히 내 몫이었다. 그러면서 4주를 보내고 외식은 4번 정도 한 것 같다. 문화도 다르고 생각도 다른 이방인이었지만 자식으로 엮어진 인연이라 그런지 전혀 낯설지도 않고, 재미있게 보냈다. 딸의 출산이라 여행은 거의 못 하고 가까운 몇 곳만 보는 것으로 만족해야 했다. 그러나 이번은 달랐다. 딸이 꼼꼼하게 일정을 잡아 놓았다. 보스턴의 국립민속촌, 국립박물관, 어린이 박물관, 하버드대, 버클리음대, MIT 공대도 방문했다. 세계의 석학들이 온다는 하버드대에서 우리를 보고 "안녕하세요?"라고 인사하는 학생도 있었다. 한류열풍으로 이젠 한국인들을 알아봐 주는 것 같아 기분이 너무 좋았다.

다음 날은 보스턴 시내 구경을 하고 찰스강 변의 아름다운 노을을 배경으로 사진도 찍고 퀸시마켓에 들려서 기념품도 샀다. 그리고 딸이 혼자서 가끔 온다는 카페에도 가서 즐겨 먹는다는 음식과 차도 먹었다. 계산은 내가 해 보았다. 든든한 백이 있으니 떨리지도 않고 계산을 할 수 있었다. 직업이 사진작가인 딸이 즐겨 찾는다는 유명한 The Breakers(19세기 미국 Vanderbilt 가의 사회적, 경제적 권력의 상징이자 Newport의 가장 큰 여름 별장)이며, 1794~1877년까지 기선 사업과 철도사업으로 부가 축적되었다. 별장의 아름답고 웅장한 집에도 갔다. 삶의 아이러니로 부와 건강과 사업이 다 만족스러울 수 없었다. 56세에 짧은 생을 마감했지만, 그는 부를 개인적으로 그리고 시민으로서의 책임으로 여겼다고 했다. 방은 70개나 되고 도서관 연주회를 했던 음악 룸은 가족의 결혼식이나 사교파티의 장이었다. 장식은 금, 은, 잎 청색과 회색 Compa 대리석, 거울 그리고 크리스털 조명기구 등이 조화를 이루어 저녁 콘서트나 연회를 더욱 빛나게 했을 것 같았다. 또 이스턴 비치를 배경으로 한 잔디정원은 너무나 거대하고 아름답게 꾸며져 있었다. 당구대 위의 거대한 조명은 연철과 청동으로 제작되어 있어 그 무게 때문에 모두 기둥에 부착되어 있다. 바닥은 모자이크로 도토리 모양으로 드넓은 바닥 전체가 아름답고 경이로웠다. 모든 꽃과 장식은 르네상스 말기의 디자인이라 했다.

우리는 아름다운 고대 별장을 뒤로하고 이스턴 비치에시 한국에서 준비해 간 연을 날렸다. 드넓은 코발트색 바다 모래사장에서 방패연과 독수리, 태극 연등을 특별히 준비한 낙하산용 실로 만든 연사째를 이용했다. 연을 하늘 높이 날리니 두 손자는 할아버지 최고라고 소리소리 지르면서 기뻐서 어쩔 줄 몰랐다. 남편은 자신이 준비한 민속놀이 실력을 손자들에게 발휘하니 마치 그 옛날 소년 시절로 돌아간 듯 얼굴까지 상기되어 4월의 맑은 하늘과 아름다운 이스턴 비치와 아이들로 인해 행복의 정점을 찍는 듯 이보다 더 행복할 수 없다는 행복한 얼굴이었다. 딸과 나는 그 모습에서 더 큰 행복을 맛보았다.

오는 길에 유명한 바닷가재 집을 검색해서 찾았다. 우리나라와는 비교 불가능했다. 모든 곳이 대형이다. 그런데 화려하지는 않았고 고풍스러웠다. 100년이 넘는 집이라고 벽에는 내력이 크게 붙어 있었다. 먼곳에 와서 딸과 손자들이 함께 이렇게 구경하며 다니는 것이 꿈만 같았다. 지난날 그저 아파트 한 채만 있고 공부만 대학까지 시키면 된다는 것이 목표였다. 이역만리 머나먼 곳에 딸을 두고 그리워하지만 않고 왔다 갔다 하게 될 줄은 인생 계획에는 없었다. 별로 해준 것도 없이 그저 늘 짠한 마음으로 아이들에게 고맙다는 말만 했었는데 영원히 우리 아이들은 우리에게 고맙고 고마운 자식들이다.

롤러코스터

　나는 늘 확인해 보고 싶은 것이 있었다. 두려움의 끝은 어디일까? 내 마음속의 두려움의 실체는 무엇일까?

　몇 년 전 건강검진에서 감당할 수 없는 결과가 나왔다. 왼쪽 신장에 있는 암 덩어리가 치명적이었다. 6개월에서 3년 정도 생존 가능하다는 시한부 인생 선고를 받았다. 듣는 순간 천 길 낭떠러지 앞에 떠밀린 기분이었다. 그동안 내 가슴 한쪽에 웅크리고 있던 두려움의 실체와 맞닥뜨린 셈이었다. 오히려 공포가 사라진 것 같은 느낌마저 들었다. 안개가 걷힌 후련함이랄까. 현대의술에 나를 오롯이 맡긴 여러 겹의 절벽이 나의 여린 감성을 가져가 버린 것일까.

　갑자기 세상에 혼자 남겨진 기분이 들었다. 아무도 내 병을 대신해 줄 수는 없는 노릇이었다. 나는 모든 것을 혼자 해결하고 결정해야만 했다. 그나마 책이 유일하게 믿을 수 있는 친구가 되어

주었다. 최홍섭의 『두바이 기적의 리더십』에서 "꿈에는 한계가 없다, 마음대로 꿈꾸어라.(Dream have no limits, go further.)"라는 대목이 나의 뒤통수를 쳤다. 그는 도전을 좋아하고, 시를 좋아하며, 불가능을 가능으로 바꾸는 대규모 이벤트 전략을 끊임없이 개발했다. 나의 심장이 마구 뛰기 시작했다. 나는 마치 사막 위를 꿈꾸는 시인이 된 것 같았다. 기회가 왔다. 나의 불운이 다른 사람에게 건강을 전달하는 건강기능식품 사업으로 전환하게 했다. 쓰라린 경험이 직업이 되고, 삶의 자산이 되었다. 신기한 일이었다. 나의 아픈 경험이 입소문을 타기 시작했다. 고객이 고객을 몰고 왔다. 방송까지 여러 번 나가게 되는 일이 벌어졌다. 긍정적인 마인드로 건강을 되찾은 것이 기적이라고, 남에게 희망을 주는 일이라고, 방송작가들에게서 섭외가 많이 들어왔다. 일에 재미가 붙었다. 나는 좀 더 구체적으로 타인과 살아온 이야기를 나누고 싶었다. 블로그를 운영하여 사람들의 살아가는 모습을 담아 이야기로 만들어 실었다. 그런 사소한 나의 발걸음이 광고효과로 나타나 고객들이 찾아왔다. 신기한 노릇이었다.

놀라운 일은 또 있었다. 건강이 점점 회복되는 것이었다. 일이 늘어남에 따라 사는 일이 누구나 쉽지만은 않음을 나는 깨닫게 되었다. 그 생각이 발전을 가져왔고 건강을 찾는 계기가 된 것이다. 나 자신에 갇히지 않고, 사람들 속에서 나를 발견하게 되는 순간부터 모든 일이 순탄하게 풀려나갔다. 내가 운영하는 매장이 전국 우수매장으로 뽑히게 되었다. 부상으로 두바이와 아부다비

여행권이 주어졌다. 학창 시절 이후 수십 년 만에 받아보는 행운이었다. 나는 부부 동반으로 두바이 비행기를 탔다. 중동! 방송으로만 보았고 그저 막연하게 한번 가보고 싶었던 곳에 우리가 가다니…. 9시간 반이라는 긴 여행이 지루하지도 않았다.

세계 최고의 부르즈 할리파 빌딩은 우리나라 삼성물산이 시공사로 참여했다. 자랑스러웠지만 손해를 많이 봤다고 가이드가 설명해서 마음이 아팠다. 사막 투어도 신기했다. 일본에서 특수제작한 차로 차 안은 다치지 않도록 세심하게 만들어져 있었다. 신기한 것은 타이어 바람을 완전히 빼고 운전하는 것이었다. 곡예하듯이 운전했는데 우리 일행은 신기하고, 두렵고, 재미있어 환호성과 괴성을 지르기도 했다.

마지막 날 프로그램인 두바이 페라리월드는 세계 최대의 놀이공원이었다. 최첨단 자동차부터 갖가지 체험기구들이 헤아릴 수 없을 만큼 많이 구비되어 있었다. 우리는 공포 체험장을 거쳐 롤러코스터 타는 곳으로 갔다. 외부는 볼 수 없게 되어 있었다. 공포체험장을 지나올 때 심장이 뛰거나 현기증이 있으면 위험하다고 설명했다. 옆에 있던 남편은 내게 거듭 탈 수 있겠느냐고 다짐을 했다. 나는 끝까지 고집을 피운 셈이 되었다. 또다시 꿈틀거리는 내 안의 공포를 극복하고 싶었다. 아무려면 시한부 인생 선고만 할까?

일행 중에서는 거의 다 포기하고 몇몇 사람과 우리 부부만 탔다. 안경은 떨어지지 않도록 사정없이 조우고 봄은 의자에 꽉 조였지만, 의자마저 허공에 붕 떠서 그야말로 두려움 그 자체였다. 시속 240km로 1분 32초 동안 탔다. 그런데 내 기분은 1시간도 넘게 시간이 흐른 것 같았다. 공중에서 수직으로 오르내리고, 360도로 뒤집고, 앞뒤, 위아래로 흔들릴 땐 정신이 혼미하고 심장이 공포로 냉동 분리되는 느낌이었다. 지옥 같은 체험을 하고 내려오니 남아있던 일행들이 환호했다.

그다음은, 한 단계 낮은 롤러코스터를 타는 곳이었다. 그 큰 공포도 이겼는데 싶어 또 탔다. 하늘도 볼 수 있고 풍경이 보이긴 해도 그 또한 만만치는 않았다. 그래도 병원에서의 수술실 공포보다는 나았다. 병원에서처럼 사망 가능성에 대비해서 사인 한 것도 아니고, 성취감도 있으며, 혼자가 아니라 여러 사람과 함께 타는 것이 아닌가.

두바이에서 나는 마침내 내 인생의 설렘과 두려움의 실체를 동시에 보았다. 도전의 욕망도 내 가슴에 여전히 자리하고 있음을 확인했다. 다음에 오면 번지점프도 도전해 봐야지…. 문득문득 오늘 이 순간이 생의 마지막일 수도 있겠다는 생각이 들 때가 있다. 그럴 때면 두바이에서 경험한 롤러코스터를 떠올린다. 비행기를 탈 때도, 기차를 탈 때도, 출퇴근길 운전 중에도 나는 롤러코스터를 기억해 낸다. 그리고 자신에게 조용히 타이른다.

'나는 지금 살아 있다. 이것만으로도 충분하다. 앞으로 어떤 기회가 또 주어질지는 알 수 없지만, 그 모든 것은 덤이고 축복' 이라고….

'사랑도' 가 아니다 '사량도' 이다

지난밤 천둥 번개를 동반해 억수같이 비가 내렸다. 이번 산행 목적지인 사량도는 바위와 능선으로 이루어진 산이라고 했다. 사량도는 경남 통영시 사량면에 있는 섬이다. 새벽에 출발해 10시 조금 넘어서 사량도 부두에 도착했다. 승선 시간이 40여 분 남아서 준비한 오이 한 상자를 총무가 감자 칼로 쓱쓱 깎아서 한 개씩 받아서 들고 바다를 본다. 오이를 먹고 허파가 불룩해지도록 바닷바람을 깊이 들이마시고 즐기는 사이 승선을 재촉하는 뱃고동 소리가 들린다.

산행객들과 차를 실은 사량호가 선착장으로부터 점점 멀어져 간다. 오밀조밀한 징검다리처럼 놓여있는 섬들 사이로 요리조리 피해 가며 미끄러지듯 바다를 가르고 있다. 6월 초하의 계절 탓인지 연안이라는 지형적 특성 때문인지 안개처럼 시야가 뿌옇게 다가온다. 바다에는 양식장으로 보이는 알록달록 부표들이 떠 있다. 옆으로 지날 때는 줄 맞춰 놓은 듯이 보이지만 멀어지면 파도 따라 일렁이는 점으로 보인다. 부표마다 어부들의 땀이 배어 있고 생계와 희망이 매달려 있다. 40여 분 뒤 사량도에 도착했다. 아랫섬에서 바라볼 때 윗섬의 형상이 마치 짝짓기하는 뱀의 형상이라 사량도蛇樑島라고 한다. 바위로 된 암산이지만 여느 산들과는 달리 얼룩얼룩한 뱀 문양을 띠고 있다.

일반 산은 능선 일부가 군데군데 암석으로 되어 있지만, 이곳은 섬 전체가 동물의 척추처럼 시작에서 끝까지 암반 능선으로 되어 있다. 진천→옥녀봉→가마봉→연지봉→월암봉→성지암→사량도 돈지 분교가 우리의 산행코스다. 남자들이 먼저 내려가며 시범을 보이고 우리는 뒤로 밧줄을 잡고 겨우 아래로 내려간다. 낭떠러지 길을 내려가니 또 까마득한 절벽이 눈앞을 막는다. 거기에 올라서야 옥녀봉이다.

옥녀의 전설을 간직한 핏빛의 옥녀봉은 바위와 칠현봉의 봉수자리 및 기암괴석으로 덮인 각각의 봉우리가 남한의 제2 금강산이라 불릴 정도로 절경을 이루고 있다. 힘겹게 올라온 칼바위는 투구를 엎어놓은 듯 풍만한 젖가슴 모양으로 불룩하게 솟아 있다. 대칭을 이루어 정말 아름답게 솟아 있다. 또다시 이어지는 기암괴석과 절벽과 크고 작은 바위길, 저 멀리 우리가 더 가야 할 절벽과 출렁다리가 보인다. 수직 절벽이라 해도 밧줄이 늘어져 있고, 발을 디딜 수 있는 돌기가 있어 겁을 먹지만 않으면 오를 수 있다.

옥녀봉 정상에서 낭떠러지를 대견스럽게 내려다보며 지고 온 짐들을 풀었다. 사방 눈길이 닿는 곳마다 만나는 풍경을 가슴속에 담아 본다.

한참을 오르니 사방으로 탁 트인 바다와 옹기종기 모여 있는 돈지 마을이 보인다. 날씨가 맑아서 멀리 육지도 보인다. 산행길을 맛으로 표현하면 밍밍한 길도 있고 달콤한 길도 있고 놀랄정도로 쓰고 매운 길도 있다. 뱀 비늘 같은 돌들이 발아래서 미끄러지듯 소리를 낸다. 쌉싸래하고 신맛이 배어날 것 같은 낭창낭창한 바위틈새를 지나고, 울퉁불퉁한 절벽 위를 걸을 때면 발바닥에서 짭조름한 맛이 느껴질 만큼 땀이 나는 길이다. 아래 포구와 왼쪽으로 보이는 포구는 마치 얼음이 동동 떠 있는 동치미 국물처럼 시원한 기분이다.

내려오는 길은 훈련이 되어서인지 쉽게 내려온다. 힘들기보다는 흥미로워진다. 저 아래 우리가 왔던 돈지 마을이다. 다랑논이 배경이 되어 산행의 맛을 한층 더한다.

부두에서는 기사님이 멍게와 키조개와 감자 한 상자를 통째로 삶아 놓고 기다린다. 막걸리에 사이다를 넣어서 맛이 특별하다. 모두가 아름다운 사량도의 맛에 취한다. 어떤 회원은 사위와 딸도 동행해서 부러움을 사기도 한다. 아파트 산악회라 가족들이 대부분이다. 오는 길에는 버스 안이 뽕짝 댄스파티 장이 되었다. 호응한다고 했지만, 너무 설친 것 아닌가 싶어 부끄럽기도 하다.

칠보산에 올라

　　　이번 산행은 칠보산이다. 오늘은 무거운 짐을
누군가 들어 주었을 때처럼 고마운 마음으로 가자. 간단하게 준
비하고 좀 일찍 집을 나선다. 특히나 여행에 충분한 시간을 갖지
못하는 나는 산행이 언제나 즐겁다. 칠보산은 옛날에는 그냥 칠
봉산이라고 하다가 올려다보이는 봉우리가 단순한 봉우리를 넘
어선 보석처럼 아름다운 일곱 개의 봉우리 산이라 하여 칠보산七
寶山이라 부르게 되었다고 한다.

　이 산은 한참이나 올라가야 열어주는 전망이 아니다. 돌아보
면 바로 아름다운 자연을 마주치게 해주는 전망이 있다. 쌍곡 넘
어 우뚝 서 있는 단정하고 수려한 산들이 아름답고 우아한 자태
로 오르는 모습을 지켜보고 있는 듯하다. 우측으로 펼쳐진 칠보
산의 봉우리를 바라보며 하나둘 봉우리를 세며 정상을 향하고 있
다. 눈을 크게 뜨고 다가오는 아름다움을 하나라도 놓칠세라 굽

이굽이마다 가슴을 활짝 열어본다. 소나무가 유난히 많은 이곳은 송이버섯으로도 유명하며 최고급 송이버섯을 딸 수 있는 추석 무렵이면 이 고장 사람들의 주머니를 두둑하게 한다고 한다.

보통의 산은 봉우리까지 숨을 고르며 올라야 한다. 봉우리를 오르다가 정상 가까이서 능선이 있고 조금 오른 곳에 정상이 있다. 이 산은 완전히 다르다. 봉에 올라서면 바로 멋진 암봉의 정상이 있고, 거기서 한참이나 내려가서 M자 속 같은 안부가 있고, 그렇게 또다시 올라가기를 반복해야 한다. 제1봉에서 보이던 전망은 산 넘어 산의 연봉인데 제2, 제3봉에서 보는 전망은 거기에 산줄기가 하나둘 더 겹쳐 있다. 연봉이 사진에서 보는 것보다 더 아름다워서 눈이 호사를 누리기에 충분하다.

칠보산은 이정표가 거의 보이지 않는다. 내가 얼마나 왔는지, 갈 길은 얼마나 남았는지 몰라 답답하다. 이정표뿐만 아니다. 솔향을 맡으며 노송에서 벗어나는가 싶은 곳에서부터 시작되는 소나무와 바위가 어울린 능선에 취해 가다 보면 산을 많이 오른 나지만 힘이 든다. 모롱이마다 암벽이 있는데 아무런 표시도 구조물도 없다. 정상 근처의 사연이 있어 보이는 무덤, 그렇게 오래된 것 같지 않은 1기의 무덤을 보고 우리 일행은 깜짝 놀랐다.

정상 근처라 해도 해발로 따지면 거의 770m는 될 것 같고 올라온 높이로 보면 약 400m는 될 것 같은데 이런 높이에 무덤을 둔 것도 그렇지만 더욱 이해되지 않는 것은 무덤 자리가 흙바닥이 아니고 바로 암반이라는 것이다.

이 무덤의 주인은 무슨 사연이 있기에 이 높은 곳, 이 차가운 암반 위에 터를 잡았을까? 올라오는 길옆에 간간이 피어있는 황금빛 나리꽃은 어쩜 그렇게도 아름다운지 그것도 세 송이 중 한 송이는 지고 두 송이씩만 길목에 남아 나의 감성을 자극했다.

'떡 바위' 라고, 올라온 길에서 조금 더 올라가면 길가에 커다란 바위가 있었다. 시루떡 같기도 하고 가래떡 같게도 생긴 커다란 바위가 길쭉하게 누워 있다고 하여 '떡 바위' 라 하나 보았다. 멧돼지가 귀를 세우고 눈을 홉뜨고 입을 벌리고 있는 듯한 커다란 바위도 있었다. 그 밖에도 칠보산에는 병풍바위, 거북바위, 안장바위 등 갖가지 물건 꼴의 바위가 많았다. 바위 끝에는 절벽을 굽어보고 있는 두 그루 소나무 사이에 누군가가 돌로 예쁘게도 탑을 쌓아놓았다. 무슨 소원이길래 저렇게도 정성으로 빌고 있는 것일까?

우리 일행은 내려오면서 계곡마다 좋은 자리를 보며 아까워했다. 임원진은 어떤 자리를 잡아서 우리를 기다릴까? 모두가 궁금했는데 부추전 냄새가 발목을 잡는 곳이 바로 우리 자리였다. 탄성이 절로 나왔다. 부추와 양파, 청양고추를 넣은 맛난 부추전은 마치 잔칫집 마당같이 소쿠리마다 가득 담겨있고 감자는 큰 찜통에 한 상자를 통째 넣고 삶았는데 어찌 그렇게 맛나게 잘했는지 솜씨 좋은 회원들의 손맛이 더 빛을 발했다.

물을 가두어 만든 작은 호수는 우리가 머물기에 아주 적당한 칠보산의 어느 펜션 앞마당을 빌려 놓은 듯했다. 오락부장, 14층

형님 모두모두 어쩜 그리 솜씨가 좋은지 산행만도 즐거움을 주체할 수 없는데 하산주와 맛난 부추전과 감자, 수박. 오늘은 우리 모두 신선보다 더 신선, 부자보다 더 부자다. 난 이 모든 아름다운 정경을 내 눈에 다 못 찍어 가슴에 쌓아둔 비상 필름까지 다 꺼내 써야만 했다.

산행 대장은 자투리 시간을 아껴 계곡을 보여주겠다며 다른 길로 접어들어 고생은 좀 되었지만, 지금 생각해 보면 이 작은 배려가 우리 산악회를 이끌어 가는 큰 힘으로 작용한 게 아닌가 싶다. 산행이 거듭될수록 경험과 재미와 실력이 곁들여져서 건강한 회원들이 점점 더 높은 꿈을 가지게 된다.

아름다운 절경과 바위, 고목, 계곡 그리고 주변의 병풍 같은 절경은 나의 눈을 만족시켰고, 능선에서 만난 숲의 오묘한 흔들림과 계곡의 맑은 물 소리는 나의 귀를 만족시켰다. 노송의 늠름한 자태와 갓 피어난 황금빛 산나리꽃 향은 집을 말끔히 치우고 휴식을 취할 때처럼 쾌적한 기분을 제공했다. 노송에서 불어오는 시원한 바람은 잔잔한 바다를 내다볼 때처럼 평화로운 마음이 되게 했다. 이 신선한 행복이 오래오래 나에게 머물기를 소망해 본다.

빼래기 능선

　　밤 11시 출발이다. 우리 부부를 포함해 46명
의 회원이 간다. 대구에서 출발해 남해 고속도로를 야심한 밤에
섬 산행을 위해 달린다. 보통은 새벽에 출발하지만, 보길도와 노
화도는 너무 멀고 배 시간에 맞춰야 한다. 차 안에서 일정을 소개
하시는 오락부장은 사회 선생님이다. 땅끝 마을에 5시에 도착해
서 선착장엔 6시 30분 배를 탄다. 노화도 가는 장보고라는 큰 배
는 사람은 3층에 타고 차는 1층에 싣고 간다. 배의 3층은 새벽 찬
공기를 충분히 감당할 수 있는 따뜻한 온돌이다. 밤새 달리느라
못 잔 잠을 잠깐의 단잠으로 해결한다. 여행은 언제나 마음은 설
레고 기분은 들뜬다. 우리 회원 중 배의 엔진을 만드는 공장을 하
시는 분 고향이 바로 노화도라서 일 년에 한 번은 이곳을 산행지
로 정한다.
　작은 섬으로 생각했는데 생각보다 훨씬 큰 세 개의 섬으로 연

결되어 있다. 바다에는 전복을 키우는 양식장으로 그곳은 위치적으로 바람이 불지 않아서 전복이 잘되는 곳이라고 설명해준다. 직사각형 모양으로 보이는 하나가 수확을 하면 1억이 넘는다고 한다. 도시 사람들보다 훨씬 부자가 많다고 한다. 도착하자마자 고향 친지분들이 마을회관에서 전복죽을 가마솥에 끓이고 흑돼지 바비큐까지 준비해서 기다리고 계셨다. 고향인 회원이 특별히 준비하신 것 같았다. 전복죽은 우리가 평소에 먹던 것과 달랐다. 색깔이 새까만 특별한 맛의 죽이다. 가마솥을 빡빡 긁는 회원도 있어 그 모습도 재미를 더했다. 회관 뒤에 귤이 지천으로 달려있다. 커피를 마시고 모두 따먹도록 마을 이장님이 배려하셨다. 나무에서 바로 딴 귤은 싱싱하고 새콤달콤한 맛이 환상적이다.

다시 버스를 타고 노화도를 지나 보길대교를 넘어 등산로 입구에 도착했다. 산에 오르기 전에 산행 대장의 호루라기 소리에 맞춰 준비체조를 10분 정도 하고 출발한다. 죽 줄을 서서 산을 바라보니 나지막한 능선들이 마치 미성숙한 청소년들처럼 서 있다. 소나무, 동백나무들이 너무나 씽씽하게 둘러쳐 있다. 우리는 능선을 돌아오기로 하고 산을 오르기 시작했다. 동백나무와 이름 모를 풀과 꽃이 온 산에 가득하다. 무리를 지어 핀 꽃들 앞에서 와!! 와!! 탄성이 준비도 없이 나왔다. 능선을 돌 때마다 바다와 섬과 마을, 갖가지 배와 전복 부표로 어우러진 바다는 경이로웠다. 여름이면 해수욕장으로 애송이, 복리, 통리 해수욕장이 있다. 북한 레이더망에 유일하게 걸리지 않는다는 아름다운 빼래기 능선도 있다. 이 지점은 능선이 더 가파르면서도 독특하고 아늑하게 느껴진다. 엄마의 품같이 포근한 곳에서 점심은 김밥 한 줄을 똑같이 먹고 과일과 따끈한 커피 한 잔을 하니 우리들은 세상에서 이보다 멋진 스카이라운지가 또 있을까? 하며 서로 행복한 기분을 아낌없이 쏟아낸다. 산길을 걷는 것은 잘 살아가기 위한 연습이다. 슬픔이 있을 때도 걸었던 날에는 몸이 가볍고 충만하다. 걷는다는 건 혼자 다짐하기 좋은 시간이고 삶에 활력이 충전되는 순간이다.

능선을 넘고 쉴 때마다 홍삼, 찰떡, 과일들이 나온다. 4시간 반 동안 능선을 오르내리면서 애송이 마을로 내려온다. 하산주로 준비한 멧돼지 통 숯불구이 냄새는 마을 입구에서부터 들뜨게 만든다. 바로 잡아 온 낙지와 병어, 전어를 가져왔고 노하동의 따뜻한 기후로 인해 따닥 배추와 해남 마늘과 양주, 포도주, 소주로 만찬 준비를 해놓고 기다리고 있었다. 고향의 인심이 맛과 정으로 푸짐한 마을 잔치가 되었다. 우리는 준비한 기금으로 노화도 주민에게 보답했다. 다음으로 세연정 연못에 도착했다. 이곳은 주역과 풍수의 대가인 고산 윤선도 선생의 안목이 그대로 전해진다. 한 바퀴를 돌아보면 판석보와 흑약암이 있다. 판석보는 세연지에 물을 채우기 위해 만들었다고 한다. 건기에는 돌다리가 되고 우기에는 폭포가 되어 일정한 수위를 유지하도록 만들었다. 세연정을 나와 마을 안으로 들어가면 전형적인 시골 풍경이다. 부용동이다. 동백나무, 광나무, 가시나무 등 상록활엽수가 숲을 이루고 있다.

장보고 배를 타고 잔잔한 바다를 뒤로하고 출발한다. 다시 땅끝마을에 도착하니 붉고 황홀한 저녁노을이 우리를 반긴다. 시간 맞춰 대기해 있는 버스에 오른다. 죽 돌아가면서 소감도 말하고 노래도 한 곡씩 부르면서 6시간 가까이 달려 남원 휴게소에 도착했다. 노화도 주민들이 준비해 준 회 비빔밥을 척척 비벼 먹을 때의 맛이 바로 고향의 엄마 맛이다. 바로 잡은 고기로 만든 회는 쫄깃쫄깃하고 채소는 더 아삭아삭하고 정말 세상 어디에도 없는 맛이다. 다시 버스에 오른다. 늦은 시간에 출발해서 5시간이 넘도록 달린다.

자정이 다 되었다. 이렇게 아름다운 곳을 다 함께 즐긴 지금 모두의 얼굴엔 건강한 풍요로움이 보인다. 노화도 주민의 따뜻하고 정성스러운 환대는 정말 행복했다. 아름다운 경험이 빼래기 능선처럼 포근하게 남는다. 지나온 삶이 고마워서, 살아있음이 기뻐서, 내게 할 일이 있어서, 사랑할 가족이 있어서 감사한 마음에 가슴이 뜨거워진다.

남덕유산 1,507m

　　　무자년 새해 첫 산행지는 남덕유산이다. 매월 둘째 일요일은 산행 날이다. 특히, 이번엔 각오를 다르게 한다.

　우선 집안에 없어도 아쉽지 않은 물건부터 정리한다. 새 옷이지만 1년에 한 번도 입지 않았으면 무조건 버린다. 냉장고 안은 유효기간이 지났을 뿐 아니라 정리해도 모양이 안 나오면 버린다. 그릇들은 용도에 맞춰서 사용이 쉽지 않으면 버린다. 공책들은 남은 부분만 메모지로 만든다. 책장에서는 볼 가능성이 있는 책만 책상 위로 올린다. 서랍은 필요한 것 외에는 싹 다 버린다.

　산은 나만의 원칙을 세우기 좋은 곳이다.

　이른 아침 남편과 같이 점심과 간식을 간단히 챙겨 집을 나선다. 이번 산행은 새해 첫 산행이어서 버스가 대만원을 이룰 것이라 예상된다. 하지만 도착해 보니 여러 이유로 12명이나 불참이다. 가까운 몇 분에게 연락해서 3명 추가하여 출발한다.

일정을 소개한다. 처음 영각 매표소→남덕유산→월성재→삿갓봉→확장매표소(5~6시간)로 가는 A조가 정상조 코스다. 영각 매표소→남덕유산→월성재 월성계곡→확장매표소(3~4시간)가 탈출코스로 B조다.

우리 산악회 회원은 직업이 다양해서 가는 길에 30분 정도씩 작은 강의를 한다. 약사는 약에 관해서, 정형외과 의사는 뼈에 관해서, 역사 선생은 역사에 관해서, 보험설계사는 보험 상식에 관해서 강의했다.

이번에는 내 차례다. 난 건강을 회복하기까지의 간단한 나의 체험담을 얘기했다. 그런데 하고 나니 질문이 하도 많아 시간이 모자랐다. 전문가도 아닌 나의 이야기에 관심을 두는 것이 신기했다. 새해라서 차 안은 덕담을 주고받으며 훈훈한 출발을 한다. 상당히 추울 거라는 일기예보가 있었지만 차 안의 회원들 표정 온도는 봄이다.

거창 휴게소에서의 아침 식사는 고디탕으로 한다. 밥 담당, 국 담당, 반찬 담당 세 사람이 각각 퍼준다. 남자들은 야외 의자 펴기와 뒷정리로 자연스럽게 나누어진다. 커피타임까지 마치면 조식이 마무리된다. 두 시간 조금 넘어 영각 매표소 앞에 도착한다. 준비체조는 산행 대장의 호루라기 소리에 맞춰 간단히 하고 출발한다. A조 22명, B조 20명으로 나눠 출발한다.

나는 힘들어도 A 코스로 간다. 며칠 전에 내린 눈으로 등산화에 아이젠을 하고 눈이 옷에 들어오지 않도록 발목 덮개를 하고 출발한다. 언제나 시작할 땐 아득하다. 잘 갈 수 있을까 하는 염려는 해가 바뀌어도 똑같다. 눈길을 걸으며 계곡 길이 지겨워질 만 하면 가파른 돌계단이 시작되면서 숨은 가빠오고 뒷사람의 거친 숨소리에 산이 흔들린다. 능선을 넘어서면 멀리 보이는 구름에 살짝 가려진 산봉우리들, 길고 깊게 이어지는 산자락 저기가 바로 지리산 자락이다. 구름 위로 보는 지리산 능선은 그 경이로움에 새가 될 수도 있을 것 같은 용기와 자신감이 솟아오른다. 철계단 구간에 다다르자 지체되어 한 걸음 내딛기조차 어렵다. 앞사람의 배낭만 보면서 아슬아슬한 철계단을 조심조심 올라 뒤돌아본다.

아찔함에 소름이 돋는다. 여러 산줄기의 운무를 바라보며 신선이 된 기분으로 하늘을 본다. 날씨가 추울수록 하늘은 쨍하게 푸르다. 정상으로 가는 길에 남편은 준비해 간 샌드위치와 사과 한 쪽씩을 나누어 준다. 발뒤꿈치부터 밟아야 미끄러지지 않는다고 나에게 뒤따라오라고 한다. 미끄럽지만 함께 천천히 보폭을 맞춰 올라가니 어렵지 않게 정상에 도착한다.

기온은 영하이지만 햇빛에 나무마다 녹은 눈이 고드름이 되어 온 산은 크리스털 축제라도 하는 듯하다. 산바람에 흔들리면서 내는 소리는 마치 오케스트라 소리같이 느껴진다. 정상에 올라온 모든 사람이 그 아름답고 신비로움에 탄성을 지른다.

북적대는 인파 속에서 용케 자리를 잡아 '남덕유산 1,507m' 란 표석 앞에서 사진 한 장을 찍는다. 먼저 자리를 잡았던 부산서 오신 분들이 자리를 내주어 각자 준비한 점심을 펼치니 아름다운 풍경 속에 22명이 만들어온 음식에는 없는 것이 없다. 이번에는 칵테일까지 맛보는 호사스러운 날이다. 코끝을 톡 쏘는 칵테일 향은 마치 어느 천국 노천카페에 온 기분이라고 했더니 손뼉을 쳐서 산도 따라 폭소를 터뜨린다.

내려오는 길은 음달이라 눈이 발목을 넘어 무릎까지 차오르는 곳도 여러 군데다. 눈 산행은 평소보다 체력소모가 많다. 아이젠과 발목 덮개로 버티면서 내려오는데 갑자기 옛날 비닐 비료 포대를 깔고 엉덩이 썰매를 타던 생각이 난다. 길이 완만하지 않아 위험했지만, 길목마다 나뭇가지를 잡고 내려온다. 아무리 어려운 곳에도 버틸 수 있는 버팀목은 꼭 있다. 저 흘러가는 구름처럼 삶도 내 뜻과 상관없이 흐르므로 난 항상 그 뜻에 순응해서 살아가고 있다. 내려오면서 맑은 계곡의 얼음물에 발을 씻고 신발의 흙을 깨끗이 털어낸다. 새 버스에 대한 우리들의 예의다.

올해 첫 산행 날 시산제를 지낸다. 산악회 회장님이 축문을 낭독하고 뒤이어 차례로 제를 지낸다. 각자 새해 소망을 빌고 우리가 오래오래 행복한 산행을 할 수 있어 감사한 마음과 새해에도 잘 돌봐주기를 산신령님께 빈다. 다 마치고 나니 어둠이 깔린다. 산은 나에게 경이로움에 감탄할 수 있는 감성을 깨우쳐 주고, 느리고 더디어도 마음만 평정하게 가지면 언제나 길이 있음을 말없이 체득하게 한다. 이번에는 신년이라 대구에서 한우 파티가 우리를 기다리고 있다.

보스톤에서

　　　해마다 마지막 달이 되면 3가지 정도 나와 약속을 한다. 어려운 약속이거나 선택할 일이 생기면 '어느 것이 더 행복한 일일까'를 생각해서 경제적으로 조금 손실이 있더라도 그쪽을 선택한다. 올해는 딸이 사는 보스턴에 가기로 했다.

　멀게만 느꼈던 그날이 바로 코앞에 닿았다. 딸과 영상통화로 계획을 같이 짠다. 요즈음은 소통에는 비용이 들지 않는다. 그 덕에 세세한 일정을 조율할 수 있다. 딸이 이번에 보스턴 오시면 어떤 것이 제일 하고 싶으냐고 묻기에 두 손자의 학교생활이 보고 싶다고 했다. 딸이 미리 학교에 신청을 해 놓았다고 했다. 드디어 보스턴으로 가는 날이 왔다. 세 번째 걸음이지만 가슴이 설렌다. 우리 부부는 인천에서 출발해서 14시간 만에 보스턴에 도착했다.

　그 긴 비행시간이 아이들을 만난다는 기대감 때문인지 전혀 피곤하지 않았다. 입국 수속도 쉽게 할 수 있었다. 딸에게 출구

번호를 알려주어 우리는 쉽게 만났다. 오전에 왔기에 공항을 벗어나자 보스턴의 가을이 펼쳐졌다. 거리에는 오색의 단풍이 한국에서 온 우리를 환영하는 듯한 기분이다. 이곳의 가을 단풍은 황홀할 정도다. 넓은 고속도로 양옆에 갖가지 단풍을 보니 행진곡을 들을 때 같은 벅찬 가슴이 되었다. 집에 도착하니 축제 분위기였다. 추수감사절이라 딸은 종일 음식을 해놓고 마중을 나왔다고 한다. 한 달 전부터 우리를 기쁘게 해주려고 장을 보고 음식을 준비했다.

우리 부부는 아이들이 좋아할 한식을 가져갔다. 진공포장을 했더니 돌덩이들이 쪼르륵 줄지어 서 있다. 서문시장을 쉴 새 없이 들락거리며 준비를 했다. 이런 일들이 살아가는 재미다. 챙겨야 할 일도 많지만, 재미도 있다.

오후에는 사과 따기 체험을 했다. 평원에 사과 농장이 있는데 각자 희망하는 주머니를 사서 담아서 오는 것은 우리나라와 똑같았다. 다른 것은 하늘 풍경과 농장 규모가 어마어마했다. 주변에 사과로 만든 주스, 빵, 케이크, 치즈, 종류가 너무 많고 맛이 특별했다. 핼러윈 기간이라 가는 곳마다 호박 장식과 귀신 장식을 건물마다 다르게 설치해놓았다. 귀신으로 이렇게 재미있는 장식을 한다는 것이 참으로 신기했다.

다음 날은 손자들의 학교에 가게 되었다. 미리 약속해 두었기에 젊은 교장 선생님이 강당 입구에서 정중하게 우리를 맞이해 주셨다. 한국에 대한 인사 말씀도 나누게 되었다. 작은 손자 연호의 교실로 안내되었다. 젊은 여선생님이다. 교실은 한 탁자에 4명씩 5조로 되어있다. 선생님은 먼저 아이들 앞에서 우리를 한국에서 온 연호의 외할아버지, 외할머니라고 소개했다.

우리는 아이들과 같이 앉게 되었다. 핼러윈 달이라서 각 탁자마다 호박이 놓여 있다. 각자 색연필과 노끈, 도구들이 있다. 돌아가면서 관찰해서 적는 수업이다. 모양을 그리고, 둘레를 보이는 대로 노끈으로 표현해 놓는다. 색깔 표현 방법도 다 달랐다. 호박을 보면 어떤 생각이 나는지를 각자 설명하게 했다. 그중 한 아이가 왜 물에 뜨는지를 설명해 달라고 했다. 그런데 선생님이 설명하지 않고 알고 있는 사람 손들게 하고 차례대로 질문과 대답을 이어갔다. 마지막에 선생님이 수학적, 언어적, 과학적, 시각적인 면을 따로 설명하셨다. 영상을 보여주고 오전 수업이 끝나고 점심은 도시락을 먹게 되었다. 다 끝나고 교무실에 가 수업 참관 인사를 하고 집으로 돌아왔다. 수업 결과는 다음 날 엄마 이메일로 왔다. 우리 연호는 수학적으로 재능이 있다고 적혀있었다.

저녁에는 핼러윈 축제가 있어서 다시 학교에 갔다. 넓은 강당에는 핼러윈 복장을 한 아이들과 가족들, 그리고 선생님들이 있었다. 우리는 평상복을 간단히 입고 갔다. 처음 DJ가 소개하는 음악이 '강남스타일' 이었다. 이 먼 나라 미국의 초등학교 축제에 우리의 가수 싸이의 노래가 나오니 갑자기 우리가 대접 받는 기분이 들었다. 한국에서 온 우리를 위해서 준비했을까? 함께 말춤을 추면서 즐길 수 있었다.

사문진을 걷다

　　글 모임에서 사문진 나루터를 찾았다. 코로나 때문에 4명씩 조를 짜서 분산 이동했다.

　사문진 나루터. 예전에는 단순한 유원지였으나 지금은 전국적인 명승지가 되어 있다. 한국 최초로 피아노가 들어온 나루터이기 때문이다. 그를 기념하여 해마다 이 나루터에서는 달성 100대 피아노 연주회가 열린다. 나루터 주변은 피아노를 비롯하여 온갖 조형물들로 꾸며져 있다. 갖가지 예쁜 꽃들을 눈에 담는다. 나무도 세월과 함께 거목이 되고 줄기는 넝쿨 식물로 풍성하게 둘러싸여 있어 장관이다.

　유유히 흐르는 낙동강엔 유람선도 있다. 둘레길은 덱으로 되어있고 강기슭에는 바위와 들꽃이 봄바람에 부드럽게 흔들린다. 유채꽃도 흐드러지게 피어서 노란 꽃물결을 이루고 있다. 바위는 물과 흙의 퇴적으로 마치 기와장이 와르르 무너진 듯한 모습이다. 유모차에 아이를 태운 가족이 눈에 띈다. 어딜 가나 행복한 가족은 눈에 띄게 마련이다. 나는 걸음을 멈추고 그들을 주목한다. 어렸을 적 아들의 모습이 떠오른다.

첫딸을 낳고 3년 뒤에 아이를 갖게 되었다. 작은 전셋집살이를 할 때였다. 이른 새벽에 진통이 와서 식구들 아침밥을 챙겨놓고 남편을 깨웠다. 병원에 가야 할 것 같다고 했다. 검사 결과 의사는 2, 3일 후쯤 출산할 것이라고 했다. 집으로 돌아올 택시를 잡는 순간 더 큰 진통이 와서 다시 병원으로 갔다. 의사는 시큰둥하게 별 반응이 없었다. 그래도 집으로 갈 수는 없으니 병실을 달라고 했다. 빈방은 냉기로 한기가 들 지경이었다. 진통이 점점 심해지고 있을 때 친정엄마가 도착했다.

엄마는 북어를 넣은 참깨죽을 한 냄비 끓여 오셨다. 진통이 잠깐잠깐 멈추는 동안 먹게 했다. 그 죽을 다 먹고 나니 배가 끊어질 듯 아프고 화장실이 급해졌다. 화장실에 가려고 하자 엄마는 간호사에게 변기를 부탁했다. 배가 뒤틀리면서 변인 줄 알았는데 아기를 변기에 낳았다.

아기는 밤새도록 울고 울어서 목이 완전히 쉬고 말았다. 엄마와 나는 뜬눈으로 밤을 새웠다. 엄마는 미역국과 냉수를 떠 놓고 삼신께 빌고 또 빌었다.

아침녘에 혹시나 하고 가정 백과 책에서 출산 후 아기 처치법을 찾아보았다. 책에는 아기가 오줌을 24시간 동안 누지 못하면 오줌 구멍을 뚫어줘야 한다고 적혀있었다. 아니나 다를까 기저귀를 보니 한 방울의 흔적도 없었다. 하늘이 노랬다. 나는 아기를 포대기에 싸서 큰 병원 갈 준비를 마쳤다. 아기가 갑자기 울음을 뚝 그쳤다. 내려서 보니 오줌을 시원하게 싸 놓았다. 시원하게 오줌을 싼 아기는 아무 일도 없었던 것처럼 깊이 잠들었다. 엄마와 나도 아기 옆에서 깊은 잠에 빠졌다. 그 아기가 지금은 중년이 되어 있다. 유모차의 그 아기는 순산했을까?

강을 끼고 일행과 보폭을 맞추어 걷는다. 덱으로 만든 산책길은 편안하다. 마블로 된 코뿔소와 코끼리도 아이들을 만나 신이 난 것 같다. 쭉쭉 뻗은 숲길과 약초동산, 6. 25 승전비를 둘러보고 생태박물관도 구경했다.

점심 후에는 유람선도 탔다. 선상 위에서는 운 좋게도 소방헬기의 에어쇼도 볼 수 있었다. 우리는 모두 함성을 질렀다. 누가 이렇게 황홀한 선물을 주는 것일까. 하늘마저 유난히 푸른 봄날이었다.

단산지丹山池에서

　　　단산지를 찾았다. 코로나19가 막바지 정점을 찍고 간 뒤 모임이 시작되었다. 오늘은 문학단체에서 가게 되었다. 오랜만에 찾은 봉무공원이다.

　청명한 날씨에 가족끼리 산책하기 좋은 곳이라 꽤 많은 사람이 있다. 나는 볼일이 있어 일행보다 30분 정도 늦게 도착했다. 미리 알려 두었는데도 두 분이 기다리고 계셨다. 감사하고 미안했다. 우리는 일행과 반대 방향으로 걷기로 했다. 셋이서 걸어가다 보니 중간 지점에서 만났다. 나비생태공원이 있다. 단산지 비취색 물 위를 가르며 신나게 달리는 수상스키 마니아들의 태양 아래 은빛 물살을 가르는 검게 탄 모습은 보기만 해도 힘이 불끈 솟는다. 옆 언덕에는 무궁화동산도 보인다. 열 가지가 넘는 수상 레포츠를 즐길 수 있어 마니아들이 즐겨 찾는 장소로 알려져 있다.

　인근 야외 식당에서 점심을 먹고 회장이 분위기 좋은 카페에서 한 턱 냈다. 열댓 명의 회원은 오랫동안 만나지 못했던 갖가지 이야기로 분위기는 한껏 고무되었다. 즐거운 산책과 점심, 커피를 끝으로 일행과 헤어졌다. 시간이 되는 4명이 불로동 고분군으로 갔다. 그중 한 분은 역사적인 흐름에 밝은 분이라 일일이 설명을 듣고 인증도 남겼다. 214개나 되는 고분은 3개의 언덕으로 되어있다. 삼국시대 때 조성된 무덤으로 우리나라 사적 제262호로 지정된 곳이다. 제1마당, 제2마당, 제3마당으로 무덤이 214기나 되어있다. 도심 자연마당 형식으로 되어있고 나비 초지, 상수리 나무숲, 두꺼비 서식지 등이 있어 자연 학습지로도 활용되고 있다. 제3마당에 올라서니 대구 시내가 한 눈에 들어오고 분지를 처음으로 보게 되었다.

한 시간 넘게 둘러보고 혼자 단산지로 다시 왔다. 온전히 혼자서 맨발 산책을 하면서 둘러볼 생각이다. 천천히 맨발로 걸으면서 단산지丹山池 유래도 보게 되었다. 일제 강점기에 농수를 저장하기 위해 땅을 파니 온통 붉은 흙이 나와서 '단산지'라 불렀다고 한다. 단산 저수지는 1932년에 준공했는데 일본이 우리나라를 식량 공급지로 하여 쌀을 증산시키기 위해 만든 '산미증산'이 목적이었다. 당시 단산지 조성을 위해 봉무동, 불로동 등 인근 주민들이 강제노역에 동원돼 3년 동안 삼천여 명이 병들어 죽었다고 한다. 못가에 '해안 수리 기념비'에 가까이 가서 보니 여기저기 찍힌 자국이 많은데 일본을 원망하여 돌로 쳤다는 얘기도 있다. 6.25사변 때 총탄에 맞았다는 이야기도 전해지고 있다. 봉무동 동굴 진지는 볼 수 없었다.

　나라를 빼앗긴 힘없는 사람들의 피와 땀과 목숨으로 얼룩진 검은 동굴 진지다. 진지는 오직 곡괭이로만 10개의 굴을 팠고 지하 150m의 단산지와 공산댐 수로까지 만들었다고 한다. 일제의 야욕에 힘없는 우리 백성들이 얼마나 억울하고 비참하게 살아왔는지 가슴속까지 아픔이 전해진다. 아련한 마음으로 숲길을 걸으면서 여러 가지 생각에 마음이 숙연해진다. 내 뒤에 중년의 남매 다섯 명이 휠체어에 구순이 넘어 보이는 어머니를 같이 밀고 언덕이 나오면 남자들이 번쩍 들어서 옮긴다. 그중 한 분이 맨발을 하고 있었다. 나에게 말을 걸어왔다. 갖고 오신 과일을 권하신다. 맏아들인 남자분이 어린 시절에 어머니에게 회초리를 맞았던 이야기를 했다.

　"지금 엄마에게 그때처럼 힘 있는 목소리로 회초리 한 대 다시 맞고 싶어요."

　할머니는 찔레꽃 같은 하얀 미소로 말했다.

　"나도 한 번 그랬으면 좋겠다. 하지만 생각하니 지금은 아까워서 회초리 못 들 것 같다."

　나에게도 먼 기억 하나가 장미꽃 사이로 향기처럼 스친다. 일고여덟 살 무렵 밥을 잘 먹지 않고 반찬을 너무 안 먹어서 엄마에게 회초리를 맞았다. 그런데 엄마가 나를 안고 더 많이 우셨다. 생각해 보면 애태운 엄마가 너무 아깝다.

임우희 수필집
『맨발로』에 부쳐

박기옥 수필가

I. 마주하기

우리가 수필을 마주하게 될 때는 언제일까?

인간은 태어날 때부터 식욕과 성욕에 버금가는 표현의 욕구를 타고나는지도 모른다. 고요하던 인간의 성품이 자연이나 사물에 감응되어 기쁨이나 슬픔으로 발동하게 되면 사고의 능력에 비례하여 표현의 욕구가 일어나게 된다. 이때 우리는 말로써 차마 표현하지 못하는 감정을 글로써 표현하게 된다. 문학과의 만남이다.

임우희 작가의 수필 마주하기도 그러했다. 처음에는 일기처럼 살아가는 이야기를 적었다고 고백한다. 대가족이 함께 살면서 겪은 가슴 속 응어리를 혼잣말하듯 적었다. 적고 또 적었다. 등신을 가면 후기를 적어 카페에 올렸다. 회원들이 좋아하고 댓글을 달아 주어 산행 때마다 자랑하듯이 올렸다. 결국 삶의 순간순간이 글의 자양분이 된 셈이다.

그러다 어느 순간 문득 '일기' 아닌 '수필'이 쓰고 싶어졌다고 한다. '같은 주제라도 나의 이야기로 적으면 일기가 되고 우리의 이야기로 쓰면 수필이 된다.'는 지도 선생님의 말씀이 등짝을 후려쳤기 때문이다. 수필과의 대면이다.

적지 않고 쓰기로 한 순간부터 작가의 의식에 변화가 일어났다. 과거와의 마주함이었다. 나의 현재가 과거를 편집한다고 했던가? 무심코 지나쳤던 지난날들이 수필의 소재가 되어 현재로 다가왔다. 「엄마의 손수레」를 보자. 객지에서 건설업을 하신 아버지를 도우려고 생각해낸 엄마의 첫 수레다.

어느 날 엄마는 아버지가 출타하신 틈을 타 초등학생인 작가와 남동생 둘을 앉혀놓고 손수레를 보여 주었다. 연탄배달을 하기로 한 것이다. 과수원집에서 연탄 100장 주문이 들어와 손수레가 출발했다. 문제는 내리막길이었다. 뒤에서 죽을힘을 다해 당겼는데도 역부족이었다. 손수레 앞이 번쩍 들리면서 앞에서 끌던 엄마가 높이 매달렸다. 어-, 어-, 하는 사이 연탄 실은 손수레는 사정없이 길 아래 모내기한 논에 곤두박질을 치고 말았다. 엄마가 손수레와 함께 논에 빠져 자식들이 모두 달려갔는데 논이 깊어 넷이 다 빠지는 사태가 벌어졌다.

온 식구가 연탄을 뒤집어쓴 채 오도 가도 못하는 신세가 되어 논바닥에서 허우적거렸다. 작가는 이 기막힌 상황에서도 이야기를 활기차게 마무리하고 있다.

막냇동생이 문제였다. 늦둥이라 2살 갓 넘은 아기를 방에 재워두고 온 식구가 배달하고 온 날이었다. 엄마가 뛰어가서 방문을 열었는데 아이가 없었다. 겨우 걸음마를 익혔을 때라 우리는 울면서 찾아다녔다. 한참 후 아이는 외양간 앞에 송아지와 함께 놀고 있는 것이 발견되었다. 소똥이 가득한 곳에서 옷에 소똥 칠을 한 채 놀고 있었다. 그날 엄마는 막내를 끌어안고 너무 많이 울어서 목이 잠겨 말이 안나올 지경이 되었다. 난생 처음 엄마가 그렇게 많이 우는 것을 본 날이었다.

- 「엄마의 손수레」에서

결혼을 하고 작가는 다시 어려운 상황과 마주하게 된다. 작품 「나목」에 잘 드러나 있다.

작가는 8남매의 맏며느리다. 없는 살림에 옆방에는 시동생과 시누이가 자다가 잠꼬대를 하면서 미닫이문을 걸어차는 바람에 남매간에 싸우고 난리를 치고 있는데 시어머니는 유행성 출혈열로 입원을 한다. 고열에, 치사율도 높은 병이다. 시어머니 간호 중에 이번에는 작은 아이가 또 열이 나서 입원을 하게 된다. 집에는 가내공업으로 일이 태산인데 모든 것이 뒤죽박죽 되고 말았다.

아침저녁으로 밥을 해서 버스를 타고 아이를 업고 병원으로 달려갔다. 시어머니는 인공신장기를 달고 있었고, 호전될 기미가 보이지 않았다. 배에는 복수가 차서 3일에 한 번씩 빼내고 나서야 미음이라도 넘겼다. 어찌어찌하다 보니 3개월이 넘고 시어머니가 조금씩 회복 기미가 보이자 이번에는 시동생이 문제를 일으켰다.

어느 날 시동생이 핼쑥하고 노란 안색으로 분유 깡통에 코피를 쏟고 있었다. 재생 불량성 빈혈이라고 했다. 급히 치료하지 않으면 백혈병으로 갈 수 있는 병이었다. 입대를 앞두고 있어 검사 결과를 첨부해서 병무청에 제출했더니 현역은 물론이고 예비군까지 면제가 된다고 했다. 시동생의 병은 한 곳 병원으로도 해결이 안 되었다. 눈은 동산병원에 다른 것은 경대병원에 매달 검사와 처방을 받아야 했다. 기력이 없어 바깥출입도 불가능했다. 동분서주하는 사이에 작가 자신에게도 병이 찾아왔다. 길을 나서는데 버스 번호가 잘 보이지 않았다. 몸이 힘들다고 신호를 보낸 것이었다.

그 후 작가는 각종 질병과 마주하게 된다. 암 수술로 힘겨운 병원 생활 중에 중환자실을 들락거리는 일이 잦았다. 말기 암 환자라 치료 중 허리 부분에 무리가 갔던지 허리뼈 두곳이 부러지는 사고가 일어나고 말았다. 퇴원이 한 달 정도 연기되었다. 수술에다 허리까지 다치니 그 통증은 말로 표현할 수 없었다. 설상가상으로 이제는 걸음조차 걸을 수가 없게 되어버렸다. 걸음을 떼면 곧바로 넘어졌다. 일어나면 다시 또 넘어졌다. 발가락 양쪽이 덜렁거리는 느낌이 들었다. 하는 수 없이 대학병원 응급실로 갔다.

신경외과에서 특수 사진을 찍었다. 신경선이 눌려서 겨우 명맥만 유지한 상태라는 결과가 나왔다. 최대한 빨리 수술하지 않으면 걷지 못할 수도 있다고 했다. 응급으로 수술을 받게 되었다. 수술 후에도 어려움은 이만저만이 아니었다. 물 위에 누워 석고로 보조대를 만들어서 등과 허리 전체를 묶어 감싸지 않으면 조금도 움직일 수가 없었다. 수술을 4차례나 받았다. 그때마다 작가는 억지로라도 의연하게 대처하고자 했다. 신장암 수술을 할 때도 콩팥이 2개라 다행이라 여겼다.

나는 울고 또 울었다. 꺼이꺼이 멈춰지지 않았다. 몇 시간이 지났는지 사방이 쥐죽은 듯 조용했다. 두려운 생각과 함께 한기가 온몸을 휘감는 듯 현기증이 났다. 하늘을 쳐다봤다. 달빛과 수은등만이 외롭고 쓸쓸한 내 마음을 아는 듯 포근하게 느껴졌다. 왠지 속이 시원해졌고 뻥 뚫어진 기분이 들었다. 화장실에 들러서 얼굴을 대충 씻고 거울을 봤다. 나를 보고 웃어도 본다. 마음이 한결 편해졌다.

- 「통곡과 은총 사이」에서

또 하나의 기적이 일어난다. 작가는 꿈속에서 교황을 마주한다.

잠시 후 적막한 수술대에 양팔과 다리를 고정하는 듯했다. 취한 듯 눈을 감았다. 마취 상태에서 나는 교황님을 만났다. 요한 바오로 2세 교황님을 영국에 있는 큰 성당에서 만났다. 교황님은 손수 나오셔서 앞줄 세 줄은 우리 교포들이라고 소개를 해주셨다. 그리고 교황님이 집전하시는 미사를 마쳤다. 마치자마자 교황님이 다시 나에게로 오셨다. 이번에는 계단으로 올라가자고 하셨다. 그곳에는 청년성가대가 있었다. 거기에서도 나를 소개해 주셨다. 그러고는 곧 파티가 있다는 안내 방송이 들리는데 그곳에는 가지 않았다.

나는 밖으로 나왔다. 교황님과 함께 걸어 나오는 곳은 수백 년은 된 듯 보이는 수목원 같기도 하고 경이로운 풍경이었다. 고목들 사이사이로 너무나 아름다운 이름 모를 수많은 꽃이 환호하는 그 꽃길을 나는 교황님께 꽃 이름을 묻고 대답하면서 끝없이 긴 거리를 걸었다. 마치 천국 같다고 생각하면서 행복한 기분으로 걸어 나오고 있었다. 그때 누군가 내 이름을 부르는 소리가 희미하게 들렸다. 취한 듯 잠에서 깨어나니 벽시계는 10시 반을 향하고 있었다. 하얀 벽과 수술기구들이 눈에 들어왔다. 수술받는 동안 나는 꿈을 꾼 것이었다.

- 「통곡과 은총 사이」에서

II. 손잡기

인생은 미스터리다. 오랜 투병 생활을 거치면서 작가는 오히려 '희망' 이라는 기적과 손을 잡게 된다. 「대파 새싹」을 보자.

작가는 대파 한 단을 베란다 빈 화분에 푹 심어 놓았다. 아침마다 인사하듯 밖에 나가 파를 잘랐다. 무심하게 가끔 물 한 번 준 것이 전부인데 어느 날 보니 파란 새싹이 쑥 자라있었다. 작가는 감동하여 눈물을 글썽인다. 묘한 기분이 들었다. 파란 새싹이 무슨 희망의 상징이라도 된 듯이 보였다. 작가에게 보내는 메시지처럼 느껴졌다.

치료 과정에서 작가는 되도록 진통제를 사용하지 않기로 했다. 고통은 배가 되었다. 그러나 참았다. 매일 전기로 지지는 것 같은 아픔이 3개월 넘게 지속되었다. 그래도 참았다. 허리가 조금이라도 정상에 가깝게 된다면 어떤 어려움도 감당할 수 있었다. 6개월이 넘어갈 무렵부터 아픔이 점점 줄어들기 시작했다. 고통이 희망으로 넘어가는 순간이 왔다. 그 후로 꾸준한 운동과 노력으로 정상적인 사회활동도 해왔다. 아이들에게도 엄마 역할을 할 수 있었다. 지금까지 고통 속에서도 보람과 도전을 멈추지 않았다. 허리가 불편하긴 해도 현실을 인정하니 어려운 것도 없었다. 난관이 겹치면 지금까지 겪어낸 고통들을 생각하며 용기를 냈다. 작가는 말한다.

잘린 뿌리에서 난 대파가 처음보다 더 싱싱해 보인다. 오랜 세월 잘 버텨준 나에게도 이젠 말하고 싶다. 애 많이 썼다. 머리와 가슴의 부조화로 힘들 때도 많았지만 잘 견뎌 주었다. 아픔과 괴로움을 묵묵히 함께해 준 가족들에게도 가슴속으로부터 찐한 고마움을 전하고 싶다. 이젠 좀 더 천천히, 뒤돌아보지 않고 살고 싶다. 앞으로 내 삶의 시간 이 얼마나 남았는지는 알 수는 없지만, 애끓을 것도 없고 아쉬움도 없다. 지금 이대로도 괜찮다.

- 「대파 새싹」에서

작가는 축복처럼 맨발 걷기에 도전한다. 이 수필집의 주제를 이루는 작품이다. 산악회에서 앞산 자락 길을 올랐을 때의 일이다. 봄에 때 아닌 눈이 내려서 산 중턱 위에는 눈이 쌓여 발이 빠질 정도였다. 한 회원이 맨발로 걸어가고 있었다. 우리는 발이 시리지 않느냐고 염려하면서 올라갔다. 그런데 그는 전혀 불편한 기색이 없었다. 오히려 내려오는 길에 골짜기 물에 발까지 씻었다.

작가는 건강에 문제가 생긴 후부터 좋다는 것은 무엇이든 시도해 왔다. 하지만 맨발 걷기는 엄두가 나지 않았다. 어쩐지 불가능할 것 같았다. 자락 길 이후 새벽에 집 앞에 있는 초등학교에 가서 맨발 걷기를 살짝 해봤다. 힘들면 그만둘 생각이었다. 그런데 발이 조금 따끔거리긴 하지만 거슬리지 않았다. 2, 3일이 지난 뒤 발바닥을 보니 작은 물집이 굵은 발가락 밑에 소복이 생겨있었다. 부작용이 생길까 걱정은 되었지만 시작한 김에 조금 더 실행해보기로 했다. 아침에 일어나 발바닥을 살펴보았다. 신기한 일이었다. 물집이 흔적도 없이 사라졌다. 이번에는 가까운 곳에 위치한 산에 맨발로 1시간 넘게 걸어보았다. 거뜬하게 걸을 수 있었다. 확신이 섰다. 기분도 좋고 잠도 훨씬 가볍게 잠들 수 있었다.

어릴 적 생각이 났다. 고향 마을 뒤에는 조문국 시대의 왕릉이 많이 있었다. 조금 더 올라가면 목화를 붓 대롱에 가져와서 우리나라에 심은 문익점 선생 기념비도 있다. 길은 붉은 황톳길이고 길섶에는 이름 모를 풀과 들꽃이 지천이었다. 작가는 아버지와 맨발로 매일 그 길을 걸었다.

발은 제2의 심장이라고 말한다. 맨발이 흙에 닿으면서 세로토닌이 분비되어 뇌를 자극해 오감을 일깨워 혈액순환이 잘된다. 아프리카의 마사이족은 매일 3만 보를 걸어 성인병과 자폐가 없다고 한다. 서양의 유명한 철학자들도 전형적인 걷는 인간들이었다. 아리스토텔레스도 제자들과 같이 걸으면서 대화했고, 칸트도 매일 같은 시간 같은 장소를 걸었다고 한다. 대문호 괴테와 철학자 헤겔, 야스퍼스도 산책을 많이 했다. 아인슈타인도 연구소 근처를 맨발로 걷다가 '상대성이론'을 떠올렸다고 한다. 작가는 확신한다.

이제 나는 더 늦기 전에 자연의 순리에 내 몸을 맡겨보고자 한다. 문명 이전의 상태로 돌아가 태곳적 인간으로 돌아가 보고 싶다. 건강도 기본에 충실할 때 찾을 수 있는 것이 아닐까. 꽃도 자연 속에 있을 때 더 아름답고, 새소리도 산속에서 더 맑게 들린다. 오늘도 나는 맨발로 걷는다.

- 「맨발로」에서

늘그막에 작가는 예기치 못한 사람을 만나 손을 잡는다. 외국인 사위이다. 이야기의 서두에서 작가는 바이든 대통령과 윤대통령의 만남을 꺼낸다. 만찬에서 바이든이 윤대통령에게 던진 'We Married up' 이다. 작가도 인연을 멀리서 만나게 되었다.

대가족의 맏며느리로 살아온 엄마의 세월이 안타까웠을까. 딸은 엄마와 다른 삶을 꿈꿔 왔던 모양이었다. 딸은 미국인 남자친구와 결혼하고 싶다고 했다. 남편의 극심한 반대에 부딪혔다. 엄마의 과도한 학구열이 딸의 선택을 부추겼다는 비난으로 돌아왔다. 작가는 가정의 평화를 위해 자세를 확 낮추었다. 결국 남편의 허락이 떨어졌을 때 사위는 남편에게 큰절을 올렸다. 작가는 외국인 사위와의 손잡기를 이렇게 표현한다.

시간이 지나 아이들은 영영 미국으로 떠나게 되었다. 보내고 일 년 후엔 둘째 손자 출산을 돕기 위해 혼자 갔었다. 남편은 내가 편안한 마음으로 준비해 갈 수 있게 해주었다. 사위는 한국의 아빠들은 대부분 사위를 마음에 들어 하지 않는다는 데이터를 보여 주었다. 그러면서 남편을 딸을 많이 사랑하는 아빠로 이해해 주었다. 그 후 우리를 초대해 주었다. 한 달 동안 아이들과 지내면서 미국에는 "아내를 행복하게 만들어야 행복한 결혼 생활을 할 수 있다"는 속담이 있다고 말했다. 사위는 아버지를 꽉 안으면서 "We Married up.(우리 장가 잘 갔어요.)"이라고 말했다.

- 「매리드 업」에서

Ⅲ. 살아내기

국문학자인 조동일 교수는 문학사의 범위에 '교술문학(教述文學)'을 적극적으로 편입함으로써 문학의 폭과 깊이를 한층 풍성하게 하고 있다. 수필에서의 이야기 기능이다. 수필을 읽는 독자는 주제를 자기의 이야기로 받아들인다. 작가의 이야기에 감성적으로 반응한다는 뜻이다. 수필의 보편성이다. 프랑스의 철학자 가스똥 바쉬라르는 마음의 움직임을 '영혼의 울림'이라고 했다. 영혼의 울림은 우리에게 감동을 준다. 임우희 작가의 이야기에는 어둠과 밝음이 있다. 독자를 감동시킨다.

세월이 흘러 작가는 딸을 데리고 해외여행을 즐긴다. 딸이 사는 미국의 구석구석을 여행하고, 아들만 있는 동서까지 대동하여 일본의 우레시노도 다녀온다.

우레시노 계곡은 건축미가 특히 아름다운 곳으로 알려져 있다. 숙소 밖으로는 바로 시바 산소가 있는 계곡 풍경이 드러난다. 밖으로 나가 방 옆으로 흐르는 계곡을 바라보다가 료칸의 규묘가 너무 크고 미로 같아서 조금 헤매기도 했다고 적고 있다. 젊은 날의 고통스러웠던 투병생활에서 잠시 벗어나 우레시노의 달빛을 감상하는 이야기가 잔잔하게 그려져 있다.

22세기 아시아의 거대한 삼나무 숲과 메타세쿼이아 나무들 위로 보름달이 우리를 비추고 있다. 계곡 온천물도 온통 달빛이 차지하고 있

다. 온천물에 담긴 아름답고 신비한 달빛에 바위는 굴곡에 따라 색깔
이 오묘하게 보인다. 마치 선녀가 된 듯 우리의 웃는 모습도 달빛을
닮아 아름답게 빛이 난다. 밤이 가는지 오는지도 모를 황홀감으로 들
떠 있다.

동서도 나도 딸아이도 오랜만에 가족을 두고 온 여행이다. 계곡에
편백들이 밤바람에 흔들리니, 마치 신선이 둘러서서 우리를 위해 춤
을 추고 있는 듯했다. 아~~~, 이런 행복도 내 인생에 준비되어 있었구
나. 우리는 달빛 아래서 바위에서 흘러나오는 물줄기도 맞아보며 밤
이 늦도록 행복한 이야기를 나누며 이 밤이 영원했으면 했다.

- 「우레시노의 달빛」에서

독자는 임우희의 수필집을 울며 웃으며 읽으리라 믿는다. 마
음 짠하여 간간이 눈물을 훔치기도 하리라. 작가의 건강과 건필
을 빈다.